KB114189

투신 강태산 7

박선우 장편소설

초판 1쇄 찍은 날 § 2017년 2월 16일
초판 1쇄 펴낸 날 § 2017년 2월 23일

지은이 § 박선우
펴낸이 § 서경석

편집책임 § 배경근

펴낸곳 § 도서출판 청어람
등록번호 § 제387-1999-000006호
등록일자 § 1999. 5. 31
어람번호 § 제1-2633호

주소 § 경기도 부천시 부일로 483번길 40 서경B/D 3F (우) 14640
전화 § 032-656-4452 팩스 § 032-656-4453
http://www.chungeoram.com
E-mail § chungeorambook@daum.net

ISBN 979-11-04-91213-9 04810
ISBN 979-11-04-90979-5 (세트)

투신
강태산

박선우 장편소설

FUSION FANTASTIC STORY

CONTENTS

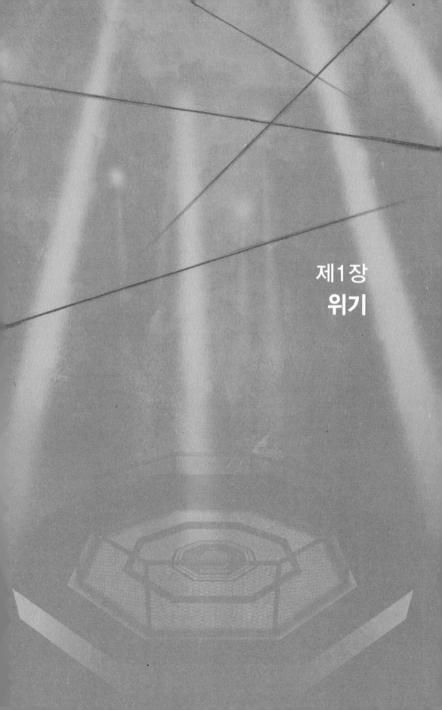

제1장
위기

강태산은 차지연을 데리고 이태원에 있는 카페로 들어갔다.

　카페는 상가와 주택이 밀집한 곳에 위치했는데 사람들의 왕래가 잦았고 국내인보다 외국인의 모습이 훨씬 더 많이 보이는 곳이었다.

　창이 보이는 자리에 앉은 그들은 연인처럼 앉아서 커피를 마셨다.

　늦은 밤이었으나 카페에는 삼십여 명이 자리를 채우고 있었는데 백인과 흑인들의 숫자가 대부분이었다.

　강태산은 커피를 마시면서 천천히 앉아 있는 자들을 하나씩 살펴 나갔다.

허드슨 강의 유령이란 암호명을 가진 암살자는 오직 한 명이었다.

중국이나 일본에서 넘어온 자들과는 다르게 윌리엄스는 오직 그의 암호명과 접선 장소만 확인해 줬을 뿐이었다.

극비로 움직이는 CIA의 비밀 병기.

놈은 오직 암호화된 지령으로 움직이기 때문에 심지어 CIA 국장까지 얼굴을 확인한 적이 없을 정도로 신비한 인물이었다.

접선 시각은 오후 9시.

지금 시간이 8시 45분이었으니 아직 오지 않았을 수도 있고 벌써 도착해서 주변을 살피는 중일 수도 있었다.

말대로 유령 같은 놈이란 소릴 들었다.

귀신처럼 나타나 타깃을 처리하고 유령처럼 사라진다는 암살자.

강태산이 다른 놈들을 요원들에게 맡기고 이곳에 온 이유는 놈의 정체가 불분명했기 때문이었다.

집단으로 몰려다니는 놈보다 이놈이 훨씬 더 까다롭다.

외모도 몰랐고 심지어 성별도 확인되지 않았으니 놈을 찾는 것은 결코 쉬운 일이 아니었다.

강태산이 눈만 움직여서 사람들을 살펴 나갈 때 차지연의 입이 살그머니 열렸다.

그녀는 오늘 선명한 분홍색 투피스를 입었는데 선을 보러 나온 여자처럼 단아했고 아름다웠다.

"사팔뜨기 되겠어요. 잘생긴 얼굴하고 안 어울린다고요."

그녀의 말에 강태산의 얼굴에서 자신도 모르게 피식 웃음이 새어 나왔다.

시간에 맞춰 나온 차지연의 모습을 보고 한숨이 흘러나왔으나 그는 아무런 말도 하지 않았다.

그녀는 오늘의 임무를 까맣게 잊었는지 오직 강태산을 만난다는 사실에 들뜬 모습이었다.

강태산의 웃음에 차지연의 얼굴이 살짝 붉어졌다.

싱그러운 그의 모습을 볼 때마다 가슴이 저절로 떨려온다.

"아직 시간 남았잖아요. 잠시만 나한테 집중할 수 없어요?"

"지연아, 이거 중요한 일이다."

"우리도 그랬지만 그놈도 주변을 어슬렁거리다가 시간이 되면 들어올 거예요. 저기 봐요. 저 아름다운 야경 말이에요. 정말 근사하지 않아요?"

그녀가 창밖에 펼쳐진 야경을 가리켰다.

그래 아름답다.

화려한 네온사인과 멀리서 보이는 남산타워의 모습이 마치 천상의 궁전처럼 하늘에 떠 있었다.

사람들은 삼삼오오 거리를 거닐며 맑은 웃음을 흘렸고 상가는 활기차게 움직이며 연신 사람들을 토해내는 중이었다.

강태산의 눈은 그녀의 손가락을 따라 창밖을 바라보다가 다시 제자리로 돌아왔다.

그런 후 천천히 입을 열었다.

"언제 그만둘 테냐?"

"뭘요?"

"이 짓 언제 그만둘 거냐고 물었다."

"대장님이 그만두면 나도 그만할 거예요. 시집가야죠."

"지연아, 나는 네가 이제 그만두기를 진심으로 바란다. 너는 할 만큼 했어."

"알아요. 그래서 쉴 때면 언제나 먹고살 궁리를 해요."

"선봐라. 최고의 신랑만큼 좋은 직장은 없다."

"이 양반이 정말……. 이 좋은 자리에서 꼭 그런 소릴 해야겠어요?"

"진심으로 하는 말이다. 그리고 저번에 이야기한 것처럼 나에게는 사랑하는 사람이 있어. 네 마음을 알지만 난 그 사람을 절대 배신하지 못한다."

"날… 끝까지 열 받게 만드는군요."

"사실이야."

"알았다고요. 그러니까 그만해요. 나는 뭐 생각 없는 여잔

줄 아세요!"

"그게……."

더 뭔가를 말하려던 강태산의 입이 자연스럽게 닫혔다.

금발 머리에 선글라스를 쓴 사내가 카페 안으로 들어왔기 때문이었다.

습관적으로 손목시계를 바라보자 9시 5분 전이었다.

잠깐의 침묵.

백인.

더군다나 분위기로는 영락없는 미국인이었다.

그랬기에 강태산은 눈짓으로 신호를 보낸 후 차지연의 입을 막은 후 금발 머리를 따라 시선을 보냈다.

"의심되는 자가 들어왔다. 조용히 있어."

작은 목소리로 말하자 차지연의 어깨가 슬쩍 굳어졌다.

하지만 그녀는 곧 차분한 표정을 되찾고 커피 잔을 들어올렸다.

카페의 규모는 칠십 평에 달한다.

제법 큰 규모였고 사람들의 숫자도 많았기 때문에 놈이 총을 가지고 있다면 사달이 날 가능성도 컸다.

놈은 빈자리로 다가가 여유 있게 자리를 차지했다.

그런 후 핸드폰을 꺼내 뭔가를 검색하기 시작했다.

강태산은 쉽게 일어나지 않았다.

놈이 만약 '허드슨 강의 유령'이라면 9시가 되었을 때 조금이라도 이상한 행동을 하게 될 것이다.

만약의 사태를 생각한다면 모든 일을 쉽게 생각해서는 안 된다.

암살자의 모습을 모르는 상태에서는 확신은 금물이었고 일을 망치는 행위에 불과했다.

초침은 느리게 흘러갔으나 꾸준하게 돌아갔다.

그리고 9시가 되면서 놈이 핸드폰에서 눈을 뗐을 때 강태산이 천천히 일어났다.

쥐도 새도 모르게 제압하는 것은 그에게 일도 아니었다.

아무리 놈이 악명 자자한 암살자라 해도 강태산에게는 쥐새끼에 불과했다.

그러나 강태산은 금발 머리에게 다가가던 발걸음을 멈추고 카운터로 몸을 돌렸다.

아름다운 외국 여인이 문을 열고 들어오더니 금발 머리에게 곧장 다가갔기 때문이었다.

반가운 미소.

연인이라는 것을 확인이라도 하려는 듯 금발 머리는 자리에서 일어나 여인에게 깊고 따스한 키스를 하고 있었다.

카운터에서 다시 커피를 한 잔 더 주문한 강태산은 자리로 돌아와 한숨을 내쉬었다.

불안하다.

윌리엄스가 지시를 내린 이상 놈은 카페 안에 들어와 있을 게 분명할 테지만 의심이 가는 자는 눈에 띄지 않았다.

강태산은 전화기를 꺼내 들었다.

이젠 어쩔 수 없다.

사안의 중요성을 감안한다면 무슨 수를 쓰더라도 놈을 잡아야 한다.

"국장님, 접니다. 아무래도 일을 좀 크게 벌여야겠으니 국장님이 도와주셔야 될 것 같습니다. 전부 서른 명이 넘는 것 같군요. 카페에서 일하는 애들까지 합한다면 사십 명 정도 되겠습니다. 모두 기절시켜 놓을 테니 국장님께서 처리해 주시기 바랍니다."

일본과 중국에서 보낸 놈들은 모두 때려잡았으나 미국에서 왔다는 '허드슨 강의 유령'은 종적이 묘연했다.

CRSF의 요원들이 카페를 훑어 온 사람들의 신상을 일일이 확인했으나 암살자로 의심되는 자는 한 명도 없었다.

그럼에도 강태산의 강력한 주장으로 카페에 있었던 사람들은 아무도 집에 돌아가지 못했다.

그들은 아마 영문도 모른 채 외부 세계와 격리되어 이틀을 꼬박 암흑의 세계에서 지내게 될 것이다.

강태산이 사무실로 들어가자 국장의 얼굴은 허옇게 질려 있었다.

이제 남은 시간은 단 하루.

내일이면 한반도가 분단된 후 처음으로 북한의 지도자가 남한을 방문하는 역사적인 날이 다가온다.

그러나 CIA에서조차 극비리에 취급한다는 전설적인 킬러 '허드슨 강의 유령'을 잡지 못했기 때문에 국장은 자리에도 앉지 못한 채 강태산을 바라보기만 했다.

"내일이다. 내일이야. 어쩔 셈이냐?"

"일단, 몸으로 틀어막아야죠. 놈은 분명히 움직입니다. 국장님께서는 최대한의 인원을 동원해서 모든 사각을 없애주십시오."

"그게 그런다고 해결되면 내가 이렇게 불안하겠냐. 놈이 만약 총이 아니라 폭탄으로 한다면 어쩔 테냐?"

"모든 경로를 사전에 철저히 차단해야죠. 대통령님에게 말씀드려서 계획된 장소도 모두 바꾸십시오."

"그건 안 된다. 이미, 모든 일정이 공표된 마당에 그걸 어떻게 바꿔. 국가원수 간의 일이다. 만약 놈이 움직인다 해도 그건 불가능해."

"그렇다면 할 수 없죠. 제가 몸으로 때우는 수밖에요."

"잡을 수 있겠어?!"

"최대한 해보겠습니다. 일단, 국장님은 잡아 온 놈들을 절대 밖으로 내보내지 마십시오."

"알았다."

암호명 '허드슨 강의 유령'이라 불리는 루카스는 그날 카페로 들어가지 않은 채 길 건너에서 카페 내부를 지켜보고 있었다.

그가 20년 동안 스파이 세계에서 킬러로 전설적인 명성을 쌓아온 것은 이런 감각이 탁월했기 때문이었다.

갑작스럽게 내려온 명령.

CIA 한국 지부장 윌리엄스를 통해 날아온 메시지를 보는 순간 루카스는 불길한 기운을 느꼈다.

지금까지 윌리엄스가 연락을 해온 경우는 한 번도 없었다.

더군다나 이번 작전은 본국에서 직접 비밀 메시지로 날아온 것이기 때문에 윌리엄스가 관여한다는 것은 이상한 일이었다.

그랬기에 그는 카페로 들어가지 않았던 것이다.

그리고 약속한 시간에서 30분이 지나자 카페에 있었던 자들이 갑작스럽게 모두 풀썩 쓰러졌다.

정말 거짓말처럼 일어난 일이었다.

도대체 어떻게 된 일일까?

수많은 전장을 돌아다녔고 백여 명에 달하는 각국의 주요 인사들을 살해해 봤지만 이런 일은 처음 보는 것이었다.

단 한 사람이 움직였을 뿐이었는데 그자가 통로를 오가는 사이에 카페 내에 있던 사람들이 모두 탁자에 고개를 박고 쓰러지고 말았다.

섬뜩한 기운에 몸이 으슬으슬 떨려왔다.

궁금증이 미친 듯이 머리를 때렸으나 루카스는 뒤도 돌아보지 않고 자리를 떴다.

두려웠다.

호기심 때문에 사내의 얼굴을 확인한다면 그자가 자신의 목줄기를 물어뜯을 것만 같았다.

윌리엄스가 제압된 것이 분명했다.

그것은 한국 정부가 자신이 관여하고 있다는 걸 눈치챘다는 것이고 자신을 잡기 위해 움직였다는 걸 의미하는 것이었다.

급히 움직여 1㎞ 이상 벗어난 후 걸음을 멈추었다.

편의점에 들어가 담배를 산 후 밖으로 나와 라이터를 켜서 길게 연기를 들이마셨다.

전설의 킬러라는 자신이 얼굴도 모르는 자에게 두려움을 가졌다는 게 너무나 기가 막혔다.

슬금슬금 피어오르던 두려움은 그가 지금까지 살아오면서

처음 느낀 감정이었다.

풀썩 웃음이 나왔다.

담배 연기가 내장까지 흘러들어 갔다가 입을 통해 세상으로 나오면서 허공으로 사라져 갔다.

어떤 놈인지는 모르나 눈치를 챘다고 하더라도 변하는 것은 아무것도 없다.

어차피 타깃들은 내일이면 더 이상 이 아름다운 세상을 볼 수 없을 것이다.

5일 전에 들어와 신기혁이 들어오는 경로를 샅샅이 훑고 박무현과 만나는 장소, 그리고 기자회견를 위해 움직이는 동선, 만찬 장소까지 모두 파악해 놓은 상태였다.

아무리 대비해도 소용이 없다.

자신은 화이트 새도우, 전설적인 킬러 '허드슨 강의 유령'이기 때문이다.

드디어 날이 밝았다.

대한민국의 하늘은 더없이 푸르렀고 그동안 데모를 하던 사람들도 오늘만큼은 거리로 나서지 않았다.

극우주의자들이 하루가 멀다 하고 데모를 했지만 여러 언론에서 시행한 여론조사에서는 박무현 대통령의 남북 경협 정책을 지지하는 여론은 70%에 육박하고 있었다.

민족의 꿈.

대통령이 직접 나서서 세 차례에 걸쳐 통일의 염원을 간절히 호소할 때마다 국민들의 지지율은 급격하게 올라갔다.

박무현 대통령은 아침에 일어나 덥수룩해졌던 수염을 말끔하게 정리한 후 감색 양복을 입었다.

가슴이 벅차올랐다.

얼마나 간절하게 기다리던 일이란 말인가.

북한을 지옥 속으로 빠뜨렸던 김씨 일가가 살아 있을 때는 꿈도 꾸지 못했던 일이었다.

자신도 안다.

통일을 하게 되면 수많은 난관에 봉착될 것이고 한국 경제는 어쩌면 위기에 빠져들 수도 있었다.

국민들을 위해 헌신하는 대통령이 되고 싶었다.

국민들을 잘살게 할 수 있는 대통령.

국민들의 불만이 무엇인가를 여과 없이 듣고 가려운 데를 긁어줄 줄 아는 지도자.

잠이 모자라도 국민들을 위해서라면 언제든지 밤을 새우며 일할 준비가 되어 있었다.

그러나 이번만큼은 경제가 어려워져도, 자신의 정책에 불만을 가진 사람들이 있어도 반드시 해야 했다.

민족의 염원인 통일을 위해서라면 생살이 찢어지는 고통이 찾아와도 충분히 감당할 신념이 있었다.

박무현 대통령은 멋들어진 감색 양복을 모두 받쳐 입었을 때 서늘한 기운이 느껴져 자신도 모르게 고개를 돌렸다.

자신의 침실은 아무도 들어오지 못하는 곳이었으나 어느새 창문가에는 한 사내가 서 있었다.

"아니… 자네!"

"안녕하셨습니까, 대통령님."

강태산이 정중하게 고개를 숙여 인사를 하자 대통령의 얼굴에서 놀라움이 벗겨지며 반가움이 나타났다.

대통령은 얼마나 반가웠던지 넥타이를 다 매지 못한 채 강태산을 향해 다가왔다.

"이 사람아, 여긴 어떻게 들어온 거야?"

"죄송합니다. 제가 허락도 없이 월담을 했습니다."

"무슨 일로?"

"대통령님을 지켜 드리기 위해서 왔습니다."

"정 의장이 보냈나?"

"그렇습니다."

"그 양반, 걱정이 많으시구먼. 청와대 경호실 직원도 많고 내가 들어보니까 특전사 쪽에서도 근접 경호를 위해 사람들이 많이 왔다고 하던데 바쁜 사람을 뭐하러 보내셨단 말인가. 괜찮으니 자네는 가서 쉬게."

"그럴 수는 없습니다."

"내 말을 안 듣겠단 말인가?"

"대통령의 말씀이라면 무슨 짓이라도 할 수 있습니다. 그러나, 오늘만큼은 제가 대통령님 곁에 있어야 합니다."

*   *   *

신기혁 국방위원장은 평양을 출발해서 판문점을 통해 남한으로 들어왔다.

판문점에서는 통일부 장관이 영접을 나갔고 통일로를 따라 서울로 향했다.

평온한 모습.

거리에는 신기혁 국방위원장을 환영하는 플래카드들이 곳곳에 들어서 있었을 뿐 통일로는 평소와 똑같은 모습이었다.

그러나 통일로 주변은 군 병력에 의해 완벽하게 차단된 상태였다.

1급 비상령.

만약 신기혁 국방위원장에게 무슨 일이 생긴다면 남과 북은 돌아올 수 없는 다리를 건너게 될 것이다.

10대의 검은색 리무진 행렬은 장관을 이루며 서울로 들어섰다.

전후좌우에는 이십여 대의 호위용 사이드카가 따라붙었는데 차량을 통제했기 때문에 신기혁 국방위원장이 탄 리무진 행렬은 신호를 받지 않고 곧장 청와대를 향해 움직일 수 있었다.

연도에 가득 찬 시민들이 태극기와 인공기를 양손에 흔들면서 열렬한 환호를 보냈다.

그러나 신기혁 국방위원장은 창문을 열어 모습을 드러내지 않았다.

그 역시 지금의 상황이 얼마나 위험한지 잘 알고 있었기 때문이었다.

그가 서울에 머무는 시간은 삼 일.

그 삼 일 동안 한반도는 역사에 길이 남을 조약식을 체결하게 된다.

팽팽한 긴장감.

신기혁 국방위원장을 기다리는 박무현 대통령과 내각 각료들의 얼굴에서는 긴장감이 가득 담겨 있었다.

무사히 와야 한다.

누군가 폭탄 테러를 하는 불행한 사태에 직면할 때 어쩌면 신 위원장은 차머리를 돌려 북한으로 돌아갈지도 모른다.

얼마의 시간이 지났을까.

전조등을 켠 리무진 행렬이 줄줄이 청와대의 정문을 통과해서 들어오는 모습이 보였다.

"드디어 왔군요."

박무현 대통령의 입에서 감격스러운 음성이 새어 나왔다.

누군가의 대답을 원해서 한 말이 아니었다.

그저 간절한 기다림 끝에 저절로 흘러나온 말이었다.

열 대의 리무진 중 아홉 번째 리무진이 박무현 대통령 앞에서 거짓말처럼 선 후 신기혁 국방위원장의 모습이 나타났다.

그의 얼굴은 밝았고 조금 상기된 듯 붉은 기운이 담겨 있었다.

"대통령님, 이렇게 환영해 주셔서 감사합니다. 제가 신기혁입니다."

"오셨군요. 많이 기다렸습니다. 정말 반갑습니다."

박무현 대통령이 손을 내밀었고 신기혁 위원장이 그 손을 잡았다.

강렬하게 터지는 플래시의 물결.

철저하게 검증된 후 청와대에 들어온 내외신 기자들은 두 사람이 악수하는 장면을 찍기 위해 몸부림을 치고 있었다.

* 　　* 　　*

"비너스, 너는 부대장과 함께 대통령 옆에 붙어 있어. 나는 자리를 잠깐 비우겠다."

"어딜 가시게요?"

"요원들한테 간다."

"언제 오세요?"

"금방. 당분간은 괜찮을 거다. 그러니까 조금 긴장 풀어도 돼."

강태산이 차지연의 어깨를 툭 쳐준 후 천천히 청와대를 나섰다.

대통령은 그들을 특별 채용한 경호원이라 직접 소개했기 때문에 움직이는 데는 아무런 지장이 없었다.

현재 나머지 청룡 요원들은 청와대 내외곽을 수색하며 계속 움직이는 중이었다.

태을경공을 펼치면서 수색을 펼치는 그들의 모습은 전광석화였다.

강태산은 그들 각자에게 섹터를 나누어준 후 은밀하게 암살자를 색출하라는 지시를 내렸다.

참으로 터무니없는 지시란 건 안다.

그러나 강태산은 그렇게 할 수밖에 없었다.

확률을 줄인다는 것은 그만큼 위험이 작아진다는 것을 의미하기 때문이었다.

잡지 못한 암살자의 숫자는 단 한 명에 불과했다.

그것의 의미는 많은 것을 생각하게 만든다.

놈은 작전을 완벽하게 성공시키기 위해 결정적인 시간과 장소를 선택할 것이다.

두 정상이 한자리에 노출되는 그 순간을 말이다.

사람들 속에 두 정상이 노출되는 것은 단 세 번밖에 없다.

조약식과 만찬, 그리고 송별 행사.

조약식은 청와대에서 열리고 그 결과 역시 춘추관에서 발표된다.

청와대는 현재 출입이 철저히 통제되고 있기 때문에 암살자가 들어올 수 있는 확률이 제로에 가깝다.

그렇다면 만찬 장소와 송별 행사가 벌어지는 서울의 광화문이 유력했다.

그랬기에 강태산은 차지연에게 요원들을 만나러 간다는 말을 남기고 신기혁 국방위원장의 숙소이자 만찬 장소로 정해진 신라호텔로 향했다.

신라호텔.

신라호텔은 국빈들이 왔을 때 가장 많이 묵는 곳으로 건물이 심플하고 지형이 요인을 경호하는 데 가장 유리했다.

강태산은 호텔로 들어선 후 외곽의 정원부터 만찬장까지 철저하게 수색했다.

이미 경호 요원들이 만반의 준비를 갖춘 채 경호 체계에 들어갔지만 그는 모든 시설들을 꼼꼼히 체크한 후 만찬에 참가할 인사들의 신상에 대해서도 일일이 살폈다.

그런 후 광화문으로 향했다.

위험하기로는 여기가 더하다.

송별식이 벌어지는 광화문은 수많은 인파로 둘러싸여 그야말로 금방이라도 터질 수 있는 뇌관과 같은 곳이었다.

송별 행사 장소를 바꿔야 한다는 그의 요청은 받아들이지 않았다.

박무현 대통령은 처음으로 남한을 방문한 북한의 지도자에게 얼마나 많은 사람들이 열렬하게 그를 반기는지를 보여주고 싶어 했다.

우뚝 솟은 빌딩.

광화문 주변에는 셀수 없는 빌딩들이 산처럼 솟아 있었다.

허드슨 강의 유령이라면 1㎞ 밖에서도 조준 사격이 가능한 실력을 가지고 있을 것이다.

그것은 반경 1㎞ 내에 있는 모든 빌딩이 방어 지역에 포함된다는 것을 의미했다.

*   *   *

신기혁 위원장이 방문한 다음 날.

남북은 역사적인 경제 협력 방안을 전 세계에 발표했다.

발표의 내용은 개성공단을 다시 가동하고 우선 신의주 등 다섯 군데에 대규모 공단을 새로 짓는다는 것이었다.

발표는 오후 5시에 이루어졌다.

남북은 꼬박 하루 동안 자신들이 준비한 카드를 내밀고 밀고 당기는 협상 끝에 최선의 선택을 했다.

이제 원론적인 원칙에 합의를 보게 되었으니 실행을 위한 세부 협약에 따라 남북 간의 경제 교류가 활성화되는 것은 시간문제였다.

국내 언론은 물론이고 세계 언론이 일제히 이 사실을 보도하면서 그동안 경색되었던 남북 관계가 밀월을 형성하게 되었다는 논평을 쏟아냈다.

그러나 그 논평이 전부 우호적인 것은 아니었다.

특히 일본과 중국은 불편한 심기를 감추지 못한 채 노골적으로 남북의 경제 협력 조약식에 불만을 나타냈다.

강태산의 모습은 대통령 주변에서 찾아볼 수 없었다.

유상철과 차지연이 극도로 긴장된 얼굴을 한 채 사각을 점유하며 대통령을 따랐으나 강태산은 어젯밤 사라진 후 신라호텔로 출발하는 차량에 탑승하지 않았다.

"오빠, 우리 대장 도대체 어디 간 걸까요?"

"바쁘실 거다. 놈을 찾지 못했으니."

"나한테는 금방 돌아온다고 했단 말이에요."

"나도 들었다. 전화도 꺼져 있어서 하다가 말았어. 뭔가 중요한 일을 하는 모양이야."

"정말 답답하네. 이러다가 큰일이라도 생기면 어쩌죠?"

신라호텔이 눈앞으로 다가오자 차지연의 눈은 붉게 달아올랐다.

가장 강력한 테러 포인트 중 하나.

대통령이 신라호텔에 도착하면 신기혁 위원장이 마중 나오는 것으로 되어 있기 때문에 테러리스트에게는 최고의 기회가 주어진다.

그랬기에 그녀와 유상철은 신라호텔에 도착하자 차에서 뛰어내려 대통령이 내리는 차를 몸으로 막았다.

그들은 수많은 저격을 해본 경험이 있기에 총구의 사각에 대해서는 누구보다 전문가였다.

강태산은 눈을 감고 시간이 지나기를 기다렸다.

그가 아무리 뛰어난 능력을 지녔다 해도 정체가 불분명한 킬러를 찾아낸다는 것은 불가능에 가까운 일이었다.

그랬기에 수많은 경우의 수를 생각하며 변수들을 줄여 나갔다.

놈은 전설의 킬러다.

한 번도 실패하지 않았고 저격이 완료되면 귀신같이 사라졌다.

IS가 자랑하는 사막의 외로운 늑대들과 근본적으로 다른 존재란 뜻이다.

놈은 자신의 안전을 최우선으로 생각하기 때문에 자살 공격 같은 건 하지 않을 것이 분명했다.

그것은 곧 장거리 공격을 의미한다.

또 하나.

강태산은 놈의 공격이 광화문보다 이곳 신라호텔에서 벌어질 거란 판단을 내렸다.

공격의 성공 가능성과 도주로의 용이성을 감안한다면 광화문이 훨씬 유력했으나 강태산은 놈이 이곳을 선택할 거라 예측했다.

아무리 주변 상황이 좋다 해도 시간만큼 중요한 것은 없다.

밤이라는 특성은 어떠한 조건보다 우선적으로 킬러들에게 유리함을 선사하기 때문이다.

대통령 주변에 유상철과 차지연을 남기고 나머지 요원들을 조준 사격이 가능한 500m 범위에 전부 배치한 후 강태산은 극사거리에 있는 1㎞ 내외를 커버한다는 전략을 선택했다.

특전사 요원들과 군 병력이 대거 경호에 동원되었으나 강태산은 그들을 믿을 수 없었다.

사각의 범위는 넓다.

아무리 많은 경호 병력이 동원되었어도 그들만으로 두 정상의 안전을 지키기에는 부족했다.

*   *   *

루카스는 어둠이 스며드는 산을 타고 은밀하게 이동하기 시작했다.

아마, 놈들은 터닝 포인트를 광화문으로 잡았을 테지만 전문가인 자신의 판단은 바로 이곳뿐이었다.

수많은 병력들이 곳곳에 숨어서 지키고 있었으나 그는 산을 기어 오르며 비릿한 웃음을 흘려냈다.

한국의 특전사가 뛰어난 능력을 지녔다는 말을 들었으나 그에게는 아무런 장애도 될 수 없을 것이다.

이런 상황과 지형에서 자신을 당해낼 수 있는 자는 세상 어디에도 없다.

그는 전 세계를 통틀어서 가장 은밀하고 완벽한 전투 능력을 지닌 화이트 섀도우였으니 그가 나타날 것이라는 걸 알면서도 막아낸 자들은 지금까지 한 번도 없었다.

저격에 성공한 후의 퇴로는 완벽하게 마련되어 있었다.

문제는 과연 놈들이 자신의 예측대로 정해진 시간에 나타
날 것이냐는 것뿐이었다.

천천히 비탈길을 타고 오르던 루카스의 손이 번개처럼 움직
였다.

쉬익.

앞을 가로막은 채 은폐하고 있던 경호 병력이 그가 던진 단
검에 목이 꿰뚫리며 그대로 쓰러졌다.

이제 어둠은 완벽하게 산을 잡아먹고 있는 중이었다.

그는 미리 봐둔 저격 장소까지 그대로 전진해 올라가며 11명
을 해치운 후 그들이 지닌 무전기를 모두 수거했다.

참으로 단순한 통신 방식이었다.

놈들은 상황에 대한 변수를 10분 단위로 체크하고 있었는
데 워낙 많은 병력이 투입되다 보니 포인트에 나가 있는 병력
의 안전 유무만 확인하는 방식이었다.

이제 남은 것은 정상에서 꿈틀거리고 있는 두 명뿐이었다.

놈들은 오랜 기다림에 지루했던지 소곤거리며 이야기를 주
고받는 중이었는데 그에게는 그 소리가 천둥처럼 들려왔다.

엄정한 군기가 확립되어 있다더니 다 헛소리에 불과하다.

이런 위중한 시기에 자신의 몸을 드러낸 채 이야기를 나눈
다는 건 죽여달라고 사정하는 것과 다를 바가 없는 짓이다.

예외는 없다.

그는 천천히 단검을 빼 들고 몸을 일으키며 앞으로 날렸다.

눈으로 보면서도 피할 수 없는 그의 단검을 등을 보인 채 막는다는 건 불가능한 일이다.

군인들의 죽음을 확인한 루카스는 자신이 지정해 놨던 장소로 올라가 등 뒤에 메고 있던 짐을 땅바닥에 내려놓은 후 급히 케이스를 열었다.

뭉툭하고 네모난 케이스를 열자 분리되어 있던 M404 저격 소총이 나타났다.

그가 지닌 저격 총은 미국에서 개발한 M110의 성능을 향상시켜 사거리를 1,500m까지 늘리는 동시에 정확도를 증진시킨 특수 무기였다.

다른 자들과 달리 그의 작전 범위가 월등하게 넓은 것은 생명처럼 소중히 여기는 M404가 있었기 때문이었다.

무기를 조립하고 적외선 망원렌즈를 장착한 루카스는 침착하게 신라호텔의 정문을 향해 눈을 가져갔다.

역시 완벽한 장소다.

놈들은 자신이 정면을 선택할 것이라 예상했겠지만 150도쯤 정면에서 비껴난 이 장소는 기둥들이 모두 각도에서 벗어나 저격 장소로는 최적이었다.

이제 잠시 후면 만찬을 끝내고 타깃들의 모습이 나타날 것이다.

단 두 발이면 된다.

M404의 철갑 탄환에 맞는 순간 타깃들의 온몸은 폭탄에 맞은 듯 터져 나갈 것이다.

얼마나 시간이 지났을까.

호텔의 정문이 부산하게 움직이기 시작하는 것을 보며 루카스의 예민한 손가락이 천천히 방아쇠를 향해 다가갔다.

경호원들이 정문을 빠져나오며 사각을 확보하는 모습이 보였다.

그러자 대기하고 있던 중계차와 기자들이 대기선 밖에서 미친 듯이 움직이기 시작했다.

이제 잠시 후면 진짜 역사적인 순간이 생겨난다.

자신의 전설은 더욱 위대해질 것이고 그 전설은 역사에 길이 남을 것이다.

숨을 다시 고르며 타깃들의 모습이 보이기를 기다렸다.

뒷머리에 섬뜩하고도 차가운 물건이 느껴진 것은 바로 그 순간이었다.

"이 씨발놈. 정말 쥐새끼가 따로 없구만. 어디 얼굴 좀 보자. 정말 유령이 맞는지 눈으로 확인 좀 해봐야겠다."

*   *   *

처음 봤으나 마음이 통하고 정이 가는 사람이 있다.

나이가 달랐고 살아온 환경이 달랐으나 박무현 대통령과 신기혁 국방위원장은 그런 느낌으로 3일이란 시간을 같이 보냈다.

일국을 통치하는 지도자로서의 책임감을 놓치지 않았으나 그들은 그렇게 3일을 보내면서 많은 이야기를 나누었다.

꿈이란 이루어지기 위해 존재한다는 말이 있다.

민족의 염원인 통일.

누군가의 이익을 위해 가로막혔던 단어였고 꿈으로만 여겨졌던 희망이었다.

그러나 김정은의 죽음으로 그 꿈이 가능해지기 시작했다.

북한에 설치하게 되는 여섯 개의 대규모 공단은 수많은 인민들의 일자리를 창출하게 될 것이며 그로 인해 굶주림으로 일그러졌던 인민들의 얼굴에서 웃음을 되찾아줄 것이다.

이제 시작에 불과하다.

여섯 개의 공단이 성공적으로 움직이게 된다면 북한에는 세계에서 가장 다이내믹한 대한민국의 건설사들이 진출하게 된다.

고속도로를 비롯해서 댐 등 대규모 SOC(사회 간접 시설) 건설 사업이 진행될 것이고 그리되는 순간 김일성 일족으로부터 통제되고 폐쇄되었던 북한 주민들은 자유가 어떤 것인지 몸으로 직접 체험하게 될 것이다.

중국이 그러했듯 북한도 자본주의가 진행되며 조만간 사람들의 의식이 변화할 테니 신기혁 같은 지도자가 존재하는 한 통일은 시간문제에 불과했다.

시간은 여지없이 흘러갔고 이별의 시간이 다가왔다.

박무현 대통령과 신기혁 국방위원장은 어제 만찬장에서 같은 테이블에 앉아 많은 이야기들을 주고받으며 술잔을 기울였다.

박무현 대통령은 주량이 세지 않았음에도 신 위원장이 준 술잔을 한 번도 마다하지 않았다.

단박에 대통령의 주량이 세지 않다는 것을 안 신 위원장이 술잔을 꺾어 술을 따랐으나 박무현 대통령은 아침에 겨우 일어났을 만큼 과음을 했다.

옷을 갈아입고 집무실로 나오자 눈치 빠른 비서실장이 숙취 해소제를 들고 들어왔다.

그는 어제 대통령이 과음하는 것을 지켜보며 안절부절못했는데 만류할 상황이 아니었기에 가슴만 졸였다.

"실장님, 국민들 여론이 어떻습니까?"

"대체적으로 환영하는 분위깁니다. 그러나, 일부 언론과 우익 세력들은 여전히 남북 경협에 대해서 반대하고 있습니다."

"아직도 실장님은 사실을 왜곡해서 보고하시는군요. 일부가 아니라 많은 세력들이겠지요. 그들은 남북 경협을 하게 되면 자신들이 손해를 본다고 생각하는 모양입니다. 물론 배후에서 움직이는 자들이 자극적으로 선동할 테니 더욱 그런 걸테지만."

"걱정하지 마십시오. 그들도 조만간 알게 될 것입니다. 주변 강대국들이 경제 제재를 가하겠다고 엄포를 놓고 있으나 그 정도는 북한이 개발되면서 발생하는 내수로 충분히 커버가 가능합니다. 우리나라는 북한이라는 보물덩어리를 얻었습니다. 북한에 잠재되어 있는 막대한 지하자원을 얻는 순간 대한민국은 한 단계 더 비상하게 될 것입니다."

"당연한 말씀입니다. 문제는 단기간에 걸친 경제 침체입니다. 국민들이 그 침체를 견뎌내지 못하고 차기 정권이 방향을 트는 순간 우리의 노력을 물거품으로 변할 수도 있습니다. 나는 그것이 걱정입니다."

"대통령님의 인기는 국민들에게 절대적입니다. 차기 선거에서도 분명히 이길 겁니다. 대통령님의 임기가 아직 2년이나 남았고 차기 선거에서 이기면 4년이란 시간을 더 벌게 됩니다. 그 정도의 시간이라면 이번 남북 경협으로 인해 파생되는 성과를 눈으로 보여줄 수 있습니다."

"그랬으면 좋겠군요. 그래, 신 위원장은 괜찮다고 하던가요? 어제 무척 많이 마시던데?"

"그분은 주량이 아주 세다고 합니다. 아침에 일어나서 가벼운 운동까지 하셨다고 하더군요."

"허허, 아직 젊어서 그런가 봅니다. 나는 온몸이 다 쑤시는데 말입니다. 부럽군요."

박무현 대통령이 말을 끝내면서 자신의 팔을 들어 올려 휘휘 돌렸다.

마른 몸, 최근 너무 무리를 했던지 얼굴에는 검버섯까지 피어났고 얼굴은 창백해지기까지 했다.

심적인 고통이 컸을 것이다.

그가 집권하면서 국민들의 반대가 이렇게 심한적은 한 번도 없었기에 박무현 대통령은 이번 남북 경협을 추진하면서 불면의 밤을 셀 수 없이 보냈다.

비서실장은 박무현 대통령의 분신 같은 사람이었다.

거의 30년간 몸을 부딪치며 살아왔기에 힘든 일도 여러 번 겪어왔지만 이처럼 힘든 경우는 처음이었다.

그랬기에 대통령을 바라보는 비서실장의 눈에는 안타까움이 가득 담겨 있었다.

대통령의 입이 다시 열린 것은 그가 슬며시 자리에서 일어나려 할 때였다.

아직 시간이 있으니 잠시 쉬게 해드릴 필요가 있었다.

"오늘 송별 행사가 2시 맞지요?"

"그렇습니다."

"아쉽군요. 더 많은 이야기를 나누고 싶었는데 시간이 참으로 빨리 흘러갔네요."

"그분도 그렇게 느끼셨을 겁니다."

"경협이 본격적으로 추진되면 나도 한번 가야겠습니다."

"어딜 말씀입니까?"

"신 위원장이 왔으니 나도 가야되지 않겠습니까?"

＊　　　＊　　　＊

오후 2시.

광화문에는 수많은 인파가 몰려들었다.

북한의 새로운 권력자로 등극한 신기혁이 들고 온 선물은 대한국민 국민들에게는 충격적이었으나 너무나 커다란 선물이었다.

물론 반대하는 사람들도 많았지만 70%가 넘는 국민들은 그의 선물을 흔쾌히 받아들이며 고마움을 여과 없이 나타냈다.

신기혁 국방위원장과 박무현 대통령이 나타나자 광화문을 가득 메운 인파에서 열광적인 환호성이 터져 나왔다.

대한민국 역사상 그 누구도 하지 못했던 일을 해낸 두 사람

을 향해 국민들은 조금의 망설임도 없이 환영의 뜻을 나타냈
다.

거의 만여 명에 달하는 인파에서 터져 나오는 환호성은 마
치 폭탄이 터지는 것처럼 거대해서 전율이 일어날 정도였다.

"서울역 쪽에서 이천 명 정도가 몰려오고 있습니다. 명동
쪽에도 이천명 정돕니다."

"막아, 무조건 막아야 해. 씨발, 그쪽 병력은?"

"경찰 20개 중대가 막고 있습니다. 하지만 워낙 도로가 많
아서 놈들이 흩어져 들어올 수도 있습니다."

"그런 일이 생기면 너나 나다 다 죽는다. 지원 병력은?"

"지금 오고 있습니다. 워낙 기습적으로 벌어진 일이라 시간
이 부족합니다."

"이런 좆같은……."

경찰청장 임형택의 얼굴이 시퍼렇게 죽었다.

기습적인 시위.

극우 세력인 태극수호회, 무궁화동맹 등 30여 개 단체로 이
루어진 시위대가 서울역과 명동에 집결한 것은 불과 30분 전
의 일이었다.

만약의 사태를 위해 경찰청장은 광화문으로 들어오는 길을
전부 통제하며 병력을 배치했으나 시위대의 숫자는 생각보다

훨씬 많았다.

들어오는 길이 하나라면 충분히 막을 수 있었으나 광화문은 사통팔달의 중심지였기 때문에 놈들이 작심했다면 돌진을 막을 방법이 없었다.

그랬기에 무전기에 대고 소리를 질러대는 임형택의 목소리가 갈라져 나왔다.

놈들은 역사적인 이 순간을 무슨 수를 쓰더라도 흠집을 내려 하는 것이 분명했다.

*　　　　　*　　　　　*

태극수호회의 회장 유창석은 서울역에서 광화문으로 향하는 12차로 도로가 경찰들에 의해 완벽하게 통제되어 있는 것을 보며 비릿한 웃음을 흘려냈다.

시위를 주도하면서 수없이 많은 경우의 수를 체크했고 그 파훼법도 강구해 놨다.

놈들의 뇌는 단순했다.

그동안 단발적 시위로 그친 것도 오늘의 행사를 완벽하게 성공하기 위해 깔아놓은 밑밥에 불과했다.

놈들은 그동안의 단순한 시위에 적응하면서 저런 전략을 쓴 게 분명했다.

경찰 병력이 주도로를 차단한 걸 확인한 유창석은 마이크를 들어 올렸다.

"지금부터 흩어집니다. 우리 목표는 대현빌딩 앞입니다. 각자 흩어져서 그곳에 모이십시오. 우리의 신념은 오직 하나입니다. 우리는 북한에게 우리의 재산을 넘겨줄 수 없습니다. 놈들은 핵무장을 끝내고 강압적인 협박을 일삼는 집단입니다. 그런 놈들에게 우리의 안전을 넘겨주는 박무현을 용서할 수 없습니다. 여러분, 우리의 힘을 보여줍시다. 국민의 이름으로 그자와 신기혁이라는 괴수 집단의 우두머리에게 대한민국 국민들의 진정한 뜻이 어떤 것인지 확인시켜 줘야 합니다. 조국을 위해, 민족을 위해. 우리 끝까지 싸웁시다!"

"와아, 와아!"

유창석의 선동에 시퍼렇게 버려진 눈을 한 채 이를 악물고 있던 시위대가 함성을 질렀다.

이마에 두른 붉은 띠.

그 띠가 마치 그들의 머리에서 피가 흐르는 것처럼 보이게 만들었다.

붉은 물결이 퍼지면서 사라지는 장면은 장관이었다.

이제 1시간 후면 20억이란 돈이 자신의 계좌로 입금될 것이다.

물론 태극수호회의 앞으로도 50억이란 거액이 들어온다.

국회의원 출마에서 낙선된 후 태극수호회를 결성한 것은 벌써 7년 전의 일이었다.

자신을 지지하는 측근들을 먹여 살리기 위해서는 어떤 짓이라도 해야 했으며 정치적인 발판이 필요하기도 했다.

그러나 돈이 없어 언제나 허덕였다.

그때 손을 내민 자가 있었다.

상대의 신용은 훌륭해서 주문한 대로 움직여 주기만 하면 돈은 현찰로 꼬박꼬박 입금되었다.

그들의 정체가 무엇인지 알 필요는 없었다.

자신의 이익과 꿈을 이루기 위해서 서로 간에 주고받는 거래에 불과했으니 그들이 원하는 게 국가에 치명적인 위험이 된다 해도 꺼려할 이유가 없었다.

장벽을 이룬 채 시위대의 진입을 기다리던 경찰들이 당황스러워 어쩔 줄 몰라 하는 게 보였다.

그 모습을 보면서 유창석의 얼굴에 비릿한 조소가 떠올랐다.

"어디 막아봐라, 이 새끼들아. 절대 우리를 막을 수 없다. 너희들의 움직임은 내 손바닥 안에 있어!"

*　　　*　　　*

붉은 띠를 맨 시위대가 광화문으로 난입하기 시작한 것은 송별 행사가 시작된 지 10분 후부터였다.

경찰의 통제에서 빠져나와 십여 군데에서 집결했던 시위대는 행사장을 향해 물밀듯 파고들기 시작했다.

자연스러운 대치.

붉은 띠의 시위대가 진입하자 행사에 참여했던 인파가 자연스럽게 반응하며 놈들의 진입을 가로막기 시작했다.

행사에 참여했던 사람들은 시위대와의 대립을 피하지 않았다.

시위대가 목이 찢어져라 부르짖는 구호.

"박무현은 퇴진하라. 신기혁은 돌아가라!"

"대한민국의 안전은 우리가 지킨다. 북한 괴수들의 우두머리 신기혁을 처단하자!"

처음에는 영문을 몰라 했던 행사 참여 인파는 시위대의 구호에 반응하며 스크럼을 짜기 시작했다.

대통령의 안전이 위험했다.

여기서 자신들이 두려워 피한다면 존경하는 박무현 대통령과 민족의 염원을 이루기 위해 남한을 방문한 신기혁 위원장이 위험할지도 모른다.

그랬기에 그들은 흉포한 몸짓으로 돌진해 오는 시위대를 향해 위험을 무릅쓰고 대항했다.

격렬한 대치.

누구도 피하지 않는 무모한 대립.

뒤늦게 경찰 병력이 도착해서 시위대를 제압하기 위해 노력했으나 이미 광화문은 아수라장으로 변해가고 있었다.

주변 건물은 테러를 막기 위해 특전사를 비롯해서 수많은 병력들이 경계를 서고 있었으나 시위대를 막을 수는 없었다.

총으로 어찌할 수 있는 사람들이 아니었다.

그들 역시 대한민국의 국민이었으니 이 사태를 피로 해결한다는 건 말도 안 되는 일이었다.

박무현 대통령은 행사장에 난입한 시위대로 인해 송별 행사가 어려워지자 참담한 표정을 숨기지 못했다.

미안했다.

옆에 선 신기혁 위원장은 굳은 얼굴로 엉망이 되어가고 있는 행사장을 바라보며 침묵을 지키고 있었다.

"신 위원장님, 미안합니다. 제가 부덕해서 이런 일이 생기고 말았군요."

"아닙니다. 남한은 자유로운 나라니까 이해합니다. 우린 그동안 너무 멀리 떨어져 있었잖습니까."

"마지막까지 잘 모시고 싶었는데 어려울 것 같습니다."

"그동안 받은 것만으로도 충분합니다. 걱정하지 마시길 바랍니다."

두 사람이 이야기를 주고받는 사이 그들의 주변은 경호원들로 인간 장벽을 만들었다.

시위대와의 거리는 아직 500m 정도 남았고 대치 상황에 있어 위험한 수준은 아니었으나 자리를 피하는 것이 가장 좋은 방법이었다.

남북의 경호실장들이 자신의 지도자를 향해 급히 뛰어 들어온 것도 안전한 장소로 이동시키기 위함이었다.

그때, 광화문을 가득 적시는 소리가 터지기 시작했다.

팡, 탕, 파앙!

남북의 지도자들이 앉아 있던 연단을 향해 총탄이 날아들었다.

철갑탄이었던 지 총탄은 연단의 시설물들을 무차별적으로 파괴했는데 파편이 비산하면서 사방으로 날아갔다.

경호원들이 박무현 대통령과 신기혁 국방위원장을 몸으로 덮으며 방어했고 일부는 총알이 날아온 곳을 향해 정신없이 대응 사격을 했다.

갑자기 터진 총격전에 밀고 밀리며 접전을 펼치던 시위대가 전부 배를 깔고 바닥에 누웠다.

이미 연단은 엉망으로 변해서 난장판이 되고 있었다.

*   *   *

강태산은 기절한 '허드슨 강의 유령'을 옆에 둔 채 놈이 지녔던 M404의 탄창이 완전히 빌 때까지 총격을 퍼부었다.

　거리는 500m.

　소음기를 제거했고 연단의 주요 시설물을 향해 총탄을 퍼부었기 때문에 효과는 클 수밖에 없었다.

　철갑탄에 맞은 연단의 시설물들은 폭탄에 맞은 듯 터져 나갔다.

　경호원들이 지도자들을 깔고 누우며 몸으로 막고 있었으나 마음만 먹었다면 두 사람을 처단하는 건 일도 아니었을 것이다.

　500m의 거리라면 기어가는 개미까지 맞힐 정도로 완벽한 사격술을 가지고 있었기 때문에 정신없이 우왕좌왕하는 사람들을 피해 시설물을 때려 부수는 건 손바닥을 뒤집는 것보다 쉬웠다.

　피식 웃음이 흘러나왔다.

　만약 최 국장이 이 사실을 알았다면 죽이려고 덤볐을 테지만 강태산은 탄창이 전부 빈 것을 확인하고 덤덤히 일어섰다.

　이미 시위대는 깔끔하게 정리되어 온순한 양처럼 뱃가죽을 땅에 대고 누워 있었다.

　목적을 이뤘으니 이제 자신은 잠시 동안 세상에서 사라질 것이다.

　뒤쪽으로 물러서자 건물로 향해 총알이 날아들기 시작했다.

　뒤늦게 타깃을 확인한 저격수들이 강태산이 있던 곳을 향해 미친 듯이 사격을 가해오고 있었다.

제2장
복수를 원하는 자들 Ⅰ

대통령에 대한 테러가 생중계되면서 국민들은 분노로 인해 거리로 뛰쳐나왔다.

눈앞에 테러리스트가 있다면 때려죽일 기세였다.

도대체 어떤 미친놈들이 벌인 짓이란 말인가.

오랜 세월을 기다린 끝에 갖게 된 존경받는 대통령이었다.

남북 경협에 대한 의견이 분분했을 때도 국민들은 대통령을 욕하지 않았다.

사리사욕에 의한 결정이 아니라는 것을 너무나 잘 알기 때문이었다.

그런데 시해를 시도하다니……

국민들은 충격 속에서도 분노를 감추지 못하고 배후를 색출해서 반드시 처단해야 한다며 소리를 높였다.

상대가 어떤 자든, 어떤 목적을 가지고 있든 무슨 쓰더라도 국민들은 존경받는 대통령을 아프게 만든 자들에게 복수를 하고 싶어 했다.

남북 경협에 반대했던 세력은 대통령에 대한 테러가 발생하자 쥐 죽은 듯이 사라져 갔다.

언론도 마찬가지였다.

우익의 편에 서서 남북 경협의 허실에 대해 맹공을 퍼붓던 보수 언론들은 오직 대통령의 테러에 초점을 맞춘 특집 기사들을 연신 보도했을 뿐 남북 경협에 대한 보도는 일체 게재하지 않았다.

당연한 현상이다.

만약 누군가가 나서서 대통령을 성토했다면 그자들은 테러범과 동일하게 취급될 정도로 국민들의 여론은 하나로 모아지고 있었다.

광화문에 나타나 시위를 주동했던 자들이 전부 연행되었고 주변 빌딩에 대한 조사가 철저하게 이루어졌다.

그러나 정부에서는 테러리스트에 대한 어떤 단서도 찾아내지 못했다고 발표했다.

박무현 대통령이 일본의 수상에게 전화를 건 것은 테러가 발생했던 그날 밤이었다.

전화기를 든 박무현 대통령의 얼굴은 가면을 쓴 것처럼 딱딱하게 굳어져 있었는데 그 모습에서 결연한 의지가 줄기줄기 새어 나왔다.

전화를 받은 일본 수상의 목소리는 냉랭했다.

─대통령께서 이 밤에 어쩐 일이시오?

"선물 잘 받았다는 인사를 하러 전화를 했소."

─그게 무슨 말씀입니까?

"당신들이 보낸 테러리스트들은 전부 잡혀 있는 상태입니다. 그런데도 발뺌을 하겠다는 것이오?"

─이보시오. 테러리스트라니!

일본 수상의 목소리가 올라갔다.

극비리에 보낸 신풍조원들에게서 모두 연락이 끊겼다는 보고를 받은 게 저녁 무렵이었다.

그런데 한국의 대통령이 대뜸 신풍조원들을 전부 사로잡았다며 협박을 해오고 있었으니 그로서는 미치고 펄쩍 뛸 노릇이었다.

신풍조원들은 자살을 할지언정 사로잡힐 자들이 아니었다.

그럼에도 한국의 대통령이 이런 소리를 하자 모골이 송연해졌다.

정말 신풍조원들이 사로잡힌 게 사실이라면 엄청난 후폭풍이 몰려올 수도 있었다.

하지만 그는 냉정한 목소리로 발뺌을 했다.

여기서 인정한다는 것은 말도 안 되는 짓이었다.

일국의 대통령에 대한 암살 시도가 노출되는 순간 국제사회에서 일본은 매장될지도 모른다.

숨을 고르고 눈을 부릅뜬 채 한국 대통령의 반응을 살폈다.

이자가 어떻게 나오는지에 따라 자신의 행동을 결정해야 되기 때문이었다.

격한 반발에 돌아온 것은 차갑게 가라앉은 박무현 대통령의 음성이었다.

"이보시오, 수상. 내말 잘 들으시오. 놈들의 암호명이 신풍이라고 하더군. 우리는 그자들에 대한 자료와 지시를 내린 자들에 대한 진술을 모두 확보해 놓은 상태요."

─뭔가 오해가 있는 모양이오. 그건 말도 안 되는 일입니다.

신풍이란 단어가 나왔을 때 얼굴이 허옇게 변했던 일본 수상은 잠시 동안 숨을 골랐다가 이를 악물었다.

버텨야 한다.

여기서 시인을 하는 것은 최하책에 불과했다.

아무리 결정적인 증거를 가지고 있다 해도 한국은 일본을 어찌하지 못할 것이다.

국제사회에서의 입김은 일본이 훨씬 컸고 자신들의 뒤에는 미국과 중국이 같이하고 있었다.

그런 판단을 마치자 처음의 불안했던 마음이 차분하게 가라앉았다.

그러나 박무현 대통령의 음성은 냉정하고도 섬뜩했다.

"일본이 무엇 때문에 그런 짓을 했는지 나는 너무나 잘 알고 있소. 남북의 협력이 일본에게는 위협이 되었겠지. 하지만 말이오, 수상. 당신은 커다란 실수를 했어."

ㅡ지금 나를 협박하는 거요?

"협박이란 건 말이오, 남북 경협을 계속 추진하면 무역을 끊고 경제 제재에 들어가겠다며 언론을 동원해서 떠들었던 일본의 행동이 협박이오. 내가 지금 하고 있는 것은 잘못한 자들에 대해서 죄를 묻는 것. 바로 추궁이란 말이오!"

ㅡ마음대로 해보시오. 다쳤다는 말을 듣고 위로를 전하려 했는데 엉뚱한 소리나 늘어놓다니 정말 이해가 되지 않는구려. 국제사회가 당신의 말을 들어줄 것 같소? 가당찮은 소리를 계속할 거면 그만 끊읍시다.

일본 수상이 소리를 지른 후 전화를 끊었다.

그러나 박무현 대통령은 전화기를 든 채 벽을 노려보기만 했다.

그런 후 천천히 두 통의 전화를 더 걸었다.

*   *   *

강태산이 집으로 돌아온 것은 이틀 전이었다.

그동안 그는 휴식을 취하며 집에서 거의 나오지 않았는데 전화기는 완전히 꺼놓은 상태였다.

텔레비전에서는 연일 대통령의 시해 시도에 관한 특별방송이 진행되고 있었다.

언론은 물 만난 고기처럼 하루 종일 추측성 보도를 난무시키며 전문가란 자들을 불러 토론을 거듭했다.

정부에서는 조사 중이라는 발표만 했을 뿐 더 이상 아무런 말도 하지 않았다.

당연한 일이다.

극비리에 해치웠으니 특수 수사 본부에서 증거를 찾는다는 건 있을 수 없는 일이었다.

대통령의 특별 담화문이 있다는 발표가 청와대에서 나온 것은 1시간 전의 일이었다.

대통령은 이번 테러와 관련하여 긴급 대국민 담화문을 발표한다고 했는데 대변인의 얼굴은 긴장으로 가득 차 있었다.

테러가 있은 후 대통령은 언론에 한 번도 얼굴을 비추지 않았다.

생명에는 지장이 없다는 발표가 있었으나 대통령의 모습이 보이지 않자 국민들은 그의 신상에 문제가 생겼을지 모른다는 불안감에 가슴을 졸이고 있었다.

그랬기에 대통령의 특별 담화문이 있다는 소식을 듣자 국민들은 초미의 관심 속에 시간이 흐르기를 기다렸다.

오후 8시.

강태산을 비롯해서 식구들은 저녁을 먹고 한자리에 둘러앉아 텔레비전에 초점을 맞췄다.

전 국민이 볼 수 있도록 골든 타임 시간대를 선택한 것이 분명했다.

공영방송들은 물론이고 모든 종편이 프로그램을 멈추고 청와대의 춘추관을 조명했기에 텔레비전 앞에 있다면 사람들은 모두 담화문을 들을 수밖에 없다.

긴장된 눈으로 기다리자 드디어 대통령의 모습이 화면에 잡혔다.

박무현 대통령의 모습이 보이자 은영이 손으로 입을 가린 채 비명을 질렀다.

"어머, 어떡해…… 어떡해, 많이 다치셨나 봐!"

한 팔은 깁스를 했고 얼굴이 하얗게 질린 대통령의 모습이 나타나자 식구들이 놀란 얼굴을 한 채 비명을 질렀다.

절룩거리는 걸음.

아마, 다리에도 상처를 입은 모양이었다.

그럼에도 단상으로 걸어오는 대통령의 모습에는 당당함이 흘러넘치고 있었다.

대통령은 마이크 앞에 선 후 테러에 대해서 한마디도 하지 않고 오직 이번 정상회담의 추진 경과와 남북 경협의 조약 체결에 대한 이야기를 했다.

간절한 호소.

민족의 염원인 통일을 위해 남북 경협은 반드시 이뤄 나가야 할 과제라며 대통령은 국민들을 향해 눈시울을 붉혔다.

"국민 여러분. 저는 국민 여러분께서 저를 믿어주신다는 것을 너무나 잘 알고 있습니다. 다른 생각과 다른 이념이 있다는 것도 압니다. 하지만, 이번 기회가 아니면 우린 갈라진 조국에서 평생을 살아가야 할지도 모릅니다. 그러니, 국민 여러분. 저를 끝까지 믿어주시고 한뜻으로 통일이란 위대한 목표가 이뤄질 수 있도록 도와주시기 바랍니다. 감사합니다."

대통령이 불편한 몸으로 고개를 숙인 채 인사를 하자 취재를 위해 춘추관을 가득 메웠던 기자들이 모두 일어나 기립박수를 보냈다.

하지만 박수를 친 것은 그들뿐이 아니었다.

거실에서 텔레비전을 보고 있던 권 여사를 비롯해서 은정과 은영도 박수를 치고 있었다.

그들의 눈에 들어 있는 것은 눈물.

조국을 위해 자신의 몸이 아픈 것도 참아내며 분열된 여론을 수습하고자 하는 대통령의 진심이 그들에게서 눈물을 자아내게 만들었다.

"그만 울어. 바보처럼 왜 우는 거야?"

"불쌍하잖아, 우리 대통령님."

"힘들기는 할 거야. 그래도 저분은 강하셔. 몸은 여리지만 정신만큼은 누구보다 강하신 분이니까 잘 헤쳐 나가실 거다."

강태산이 힘들게 걸어 나가는 박무현 대통령을 바라보며 말을 하자 눈물로 가득했던 은정이 물었다.

"오빠, 대통령님은 이번 테러에 대해서 한마디도 안 하셨어. 왜 그러신 걸까?"

"세상에는 함부로 이야기할 수 없는 것들도 있지 않겠니. 내 생각에 대통령님은 그렇게 생각하신 것 같아."

"뭐야, 웬 선문답. 오빠, 모르니까 괜히 있어 보이려고 그렇게 말하는 거지?"

옆에 있던 은영이 끼어들었다.

사실 어려운 말이기는 했다.

모든 사실을 알고 있는 강태산이기에 할 수 있는 말이었으니 은정과 은영이 알아들을 수 있는 이야기가 아니다.

그랬기에 은영은 눈을 부릅뜨며 강태산을 향해 말을 이어 나갔다.

"아무리 생각해도 나쁜 놈들이야. 분명 대통령님을 해치려던 놈들은 이번 남북 경협을 반대하는 놈들일 거다."

"똑똑하네, 우리 동생."

"호호…… 내가 원래 머리 돌아가는 건 컴퓨터급이잖아."

"그래, 그 좋은 머리로 생각해 봐. 너는 누가 그런 것 같니?"

"우씨, 그걸 내가 어떻게 알아!"

"머리 좋다며?"

"내가 머리 좋은 건 사실이지만 특수 수사 본부도 못 알아내고 있는 걸 나보고 맞히라는 게 말이 되냐?"

"누가 알아맞히래. 생각해 보라고 그랬지."

"아…… 머리 아파. 나한테 어려운 문제 내지 마라. 그나저나 특수 수사 본부는 뭐 하는 거야? 지금이 벌써 며칠쨌는데 범위 윤곽도 몰라. 미치겠네."

"기다려 봐. 그 사람들 잠도 못 자고 범인을 쫓는다잖아."

"열심히 하면 소용없어. 잘해야지. 범인을 잡아야 어떤 놈이 배후에 있었는지 알 거 아냐!"

"알면?"

"복수해야지. 당한 거보다 열 배 스무 배 되돌려 줘야 해."

"와, 우리 은영이 화끈하네."

"화끈해서 그러는 거 아냐. 당한 대로 가만있으면 우습게 보인다고. 그러니까 뿌리를 뽑아놔야 다시는 그런 짓을 못해."

"나중에 시집가면 부부싸움 잘하겠다."

"오빠, 죽고 싶냐. 여기서 부부싸움이 왜 나와?"

"크크, 성격 좋은 놈 만나라. 나중에 소리 지르면 끽소리도 못 하는 놈으로. 네 성질 받아주려면 착한 놈이어야 해."

"걱정 마라. 잘 고를 테니까. 그래도 언니 먼저 가야 되니까 우리 언니부터 그런 사람 골라주자. 어때?"

"은정이야 워낙 예쁘고 착하니까 자연스럽게 굴러오지 않을까?"

"흥, 난 아니란 얘기냐?"

은영이 강태산을 향해 작은 주먹을 치켜 올리자 은정이 불쑥 끼어들었다.

담화문이 끝나고 전문가들이 나와 논평하는 것을 보고 있던 은정은 두 사람의 대화를 듣고 있었던 모양이었다.

"시끄러워서 텔레비전을 못 보겠네. 좀 조용히 하면 안 돼? 이런 중요한 시기에 국론을 하나로 모아야 하는데 엉뚱한 얘기로 사안을 흩뜨리면 되겠어?"

"그거 어디서 많이 듣던 말이다."

"안보가 중요하다고, 안보가. 그러니까 장난 그만 치고 텔레비전이나 봐."

"헐!"

은정의 말에 두 사람이 동시에 황당한 표정을 지었다.

은정의 말은 그 옛날 누군가의 입에서 나와 지금까지 유행어로 남겨진 전설적인 유머였다.

그랬기에 잠시 동안 눈만 끔벅이던 강태산의 얼굴에서 웃음이 흘러나왔다.

"은정아, 그런 유머는 어디서 들었어. 아주 오래전에 유행했던 거잖아."

"인터넷에서 본 거야. 괜찮았어?"

"그래."

"그나저나 우리 대통령님 너무 힘들어 보이신다. 다치신 데는 괜찮은지 몰라."

"총상은 아닌 것 같으니까 곧 괜찮아지실 거다."

"난 분해. 은영이 말대로 누군지 확인해서 꼭 되돌려 주고 싶어. 나쁜 사람들이야."

"그렇게 될 거다. 그것도 걱정하지 마."

"오빠가 어떻게 알아?"

"우리 정부가 절대 만만하지 않다. 배후 세력이 어딘지 분명히 알아내서 반드시 처벌하게 될 거야."

강태산은 중국 상해를 거쳐 일본의 동경으로 들어왔다.

중국의 공안부장 정청의 시신은 천안문의 정문에 걸어놨기 때문에 지금쯤 난리가 났을 것이다.

내각정보국장 사사끼의 집은 이전에 일본에 들어갔을 때 알아놓은 상태였기 때문에 강태산은 천천히 다이칸야마로 향했다.

다이칸야마는 우리나라로 봤을 때 청담동과 같은 고급 빌라들이 밀집되어 있는 곳이었다.

촘촘히 깔려 있는 CCTV의 사각을 찾아내어 이동하는 것은 그에게 기초적인 일에 불과했다.

더군다나 그에게는 태을경공이 있었으니 사각의 범위가 없는 곳은 신법을 끌어 올려 그대로 지나쳤다.

다이칸야마로 들어서서 곧장 사사끼의 고급 빌라로 숨어들었다.

현재 시각 오후 11시 30분.

꽤 많은 집에 불을 꺼져 있었으나 사사끼의 고급 빌라는 훤하게 불이 밝혀져 있었다.

어른거리는 사내들의 그림자.

빙그레 웃음이 흘러나왔다.

약아빠진 놈.

내각정보국이 박살 나고 테러가 실패하면서 놈은 자신의 신변을 보호하기 위해 많은 경호원들을 배치해 놓은 게 분명했다.

강태산의 눈에 걸린 숫자는 모두 합해 여섯.

슬쩍 몸을 치켜 올리자 바람처럼 몸이 사내들을 향해 날아갔다.

강태산의 몸이 스쳐 지나갈 때마다 시내들이 몸이 픽픽 쓰러졌다.

뚜걱뚜걱.

외곽에서 경계를 서고 있던 자들을 모두 해치운 강태산이 현관을 통해 안으로 들어섰다.

그는 구두조차 벗지 않고 걸어갔는데 목표는 좌측에 있는 방이었다.

문을 열었으나 소리는 들리지 않았다.

사사끼는 서재에 앉아 보고서를 늘어놓은 채 서류를 보고 있는 중이었다.

"사사끼, 잘 있었나?"

"누구냐?"

사사끼의 눈이 놀라움으로 커졌다.

그는 본능적으로 현관 쪽을 향해 고개를 돌렸는데 그쪽에서는 아무런 움직임도 없었다.

그는 강태산을 모른다.

망혼술에 당했으니 사사끼가 강태산을 못 알아보는 건 당연한 일이었다.

"나는 강태산, 대한민국을 수호하는 비밀 부대 청룡의 수장이다."

"청룡……?"

"내가 온 이유는 알고 있겠지?"

"그게 무슨 소리냐. 한국에서 왜 날 찾아왔단 말이냐!"

"쪽발이 놈들은 우기는 게 특기인 모양이네. 수상이란 새끼나 정보국장이란 놈이 말하는 게 똑같아. 일관성은 있어서 좋다."

"으……"

강태산이 말하는 와중에 한월을 꺼내 들자 사사끼의 얼굴이 단박에 시꺼멓게 죽었다.

왜 모를까.

자신이 직접 지시를 내렸고 한국은 그로 인해 벌집이 된 상태였다.

그럼에도 이런 일이 생길지는 꿈에도 생각하지 못했다.

한국이란 나라는 당한 것을 숨기는 특성이 있었고 참는 것에 익숙한 나라였기 때문이었다.

시퍼런 빛을 쏟아내는 칼이 얼굴로 다가오자 정신이 몽롱해지면서 아득함이 몰려왔다.

그 칼에 담긴 살기가 너무나 시렸다.

"너는 기억 못 하겠지만 내가 약속한 게 있다. 일이 끝나는 대로 다시 찾아온다고 했지. 일국의 대통령을 시해하려 했으니 어찌 할까. 네 죽음은 우리 대한민국이 일본에 보내는 경고다. 지옥에 가거든 잘 지켜봐. 대한민국이 얼마나 강건한 국가로 커가는지 두 눈으로 똑똑히 지켜보란 말이다!"

*　　　*　　　*

테러가 발생한 지 일주일.

벌 떼처럼 일어나 호외를 뿌려대던 세계 언론은 시간이 지나자 점차 수그러들었다.

테러는 미수에 그쳤고 세계의 이목을 끄는 사건은 끊임없이 일어났기 때문에 한반도의 지도자들에 대한 테러 미수 사건은 그리 오래 조명받지 못했다.

그러나 대한민국의 언론은 그렇지 않았다.

연일 범인을 색출하지 못한 정부를 두들겨 댔다.

아직도 국민들의 여론은 복수를 원하며 새파랗게 살아서 꿈틀거렸기 때문에 언론은 다른 나라와는 다르게 연일 테러

사건을 조명하며 경찰의 무능함을 질타했다.

미국과 중국, 일본의 정보 책임자들이 한꺼번에 목숨을 잃었지만 세계 언론은 아무도 그 사실을 보도하지 않았다.

중국의 정청이 천안문에 걸렸고 일본의 사사끼가 동경 한복판 신호등에서, CIA의 한국 지부장 윌리엄스가 한강에서 변시체로 발견되었어도 세계 언론이 움직이지 못한 것은 근본적으로 철저한 언론통제가 이루어졌기 때문이었다.

만약 그들이 각국의 핵심 정보 요인이라는 사실이 알려졌다면 세계는 발칵 뒤집혔을지도 모른다.

무거운 침묵.

미국, 일본, 중국은 처참한 상태로 발견된 정보 책임자들의 시체를 보면서 분노에 이를 갈았으나 아무런 짓도 할 수 없었다.

대한민국에는 그들이 보낸 킬러가 고스란히 사로잡혀 있었으나 그들에게는 정보 책임자를 죽인 자의 그림자조차 보지 못했으니 증거 없이 떠드는 것은 미련한 짓이었다.

더군다나 최고 정보 책임자가 암살당했다는 사실이 노출되는 순간 국가의 자존심에 치명적인 상처를 입게 된다.

그랬기에 그들은 범인의 행적을 은밀하게 파헤치다가 조용하게 사건을 수습해 버렸다.

                    *   *   *

"은정 씨!"

"예, 부장님."

"강태산이 아직 연락 없어?"

그동안 조용하던 기획부장이 답답한 얼굴로 물었다.

대통령의 시해 기도 사건으로 인해 업무가 마비될 정도의 혼란을 겪었지만 시간이 지나면서 회사는 다시 정상적인 업무를 시작했다.

그것은 대한민국의 회사들이 모두 마찬가지였다.

기획부장이 은정을 향해 강태산의 근황을 물어온 것은 광고를 의뢰한 기업들이 성화를 부렸기 때문이었다.

답답한 건 은정도 마찬가지였다.

강태산은 회사로 찾아왔던 날 이후로 한 번도 연락을 해오지 않았다.

벌써 두 번이나 만덕체육관에 찾아갔지만 돌아오는 대답은 똑같았다.

어쩐 일인지 강태산은 김 관장의 전화도 받지 않는단 이야기였다.

"제가 오늘 가볼게요."

"우리와 계약하겠다고 한 게 벌써 한 달이 다 돼가. 큰일이

생겨서 잠시 업무가 마비되었지만 며칠 전부터 위에서 성화가
장난이 아니야. 이대로 시간을 계속 보내다가는 큰일 나겠다.
은정 씨, 부탁 좀 해."

"…예."

간절한 눈으로 자신을 바라보는 기획부장을 향해 은정은
힘없이 대답을 했다.

하지만 자신이 없는 목소리였다.

그도 그럴 것이 강태산과 연락할 방법이 없었다.

얼굴을 볼 수만 있다면 무슨 수를 써서라도 타협점을 찾았
겠으나 강태산은 그림자처럼 사라진 후 나타나지 않고 있었
다.

책상을 정리하고 사무실을 나섰다.

아무런 방법이 없다 해도 기획부장의 따가운 눈총을 받으
며 책상에 앉아 있을 자신이 없었다.

먹고살기 힘들다.

대학을 다닐 때는 청운의 꿈이 가슴에 가득 들어 있었다.

학교를 마치면 하고 싶은 일을 마음껏 하며 자신의 능력을
펼쳐 인정받는 재원으로 성장할 것이라 믿었다.

그러나 현실은 다르다.

어디론가 사라진 남자를 찾기 위해 사내들이 우글거리는
체육관으로 걸음을 옮기는 자신의 신세는 처량 그 자체였다.

자신도 모르게 전화기를 꺼내 들었다.

그런 후 지금쯤 열심히 일하고 있을 강태산에게 전화를 걸었다.

만덕체육관에 간다 해도 뾰족한 수가 있을 리는 만무했다.

헛걸음의 결과를 내일 회사에 들어가 보고하면 기획부장은 실망한 얼굴로 자신을 쳐다보겠지.

생각만 해도 끔찍한 일이다.

기분을 전환하고 싶었다.

그리고 그 기분을 전환하기 위해서는 오랜만에 강태산과 데이트하는 것이 최고의 방법이었다.

신호음이 길게 다섯 번 울린 후 굵직하고도 밝은 목소리가 수화기를 통해 울려나왔다.

―은정아, 웬일이야?

"목소리 듣고 싶어 전화했지."

―얼씨구. 맨날 듣는 목소리가 왜 듣고 싶었을까?

"오빠야, 나 저녁 사주라."

―무슨 일 있어?

"아니야. 그냥… 오빠랑 술 한잔하고 싶어서."

―회사니?

"지금 만덕체육관 가는 길이야. 강태산 선수 만나러."

―광고 때문에?

"응."

―연락한다고 그랬잖아.

"그런데 한 달이 지났는데도 아무런 연락이 없어. 위에서 성화가 장난이 아니야. 힘들어 죽을 지경이다."

―아이고, 우리 예쁜 동생 힘들면 안 되는데. 뭐 먹고 싶어?

"오랜만에 우리 매운탕 먹으러 갈까?"

―매운탕 좋지. 잡고기 매운탕집 말하는 거지. 신촌에 있는 거.

"응, 거기가 제일 맛있어."

―그럼 7시에 거기서 봐. 대신 저번처럼 너무 술 많이 마시면 안 된다.

"알았어. 내가 오늘은 조금만 마셔주지."

전화를 끊은 은정의 얼굴에서 빛이 났다.

강태산과의 데이트 약속을 받아낸 그녀의 얼굴에는 행복이 가득 들어 있었다.

우울했던 기분이 순식간에 사라졌고 대신 전투 의지가 저절로 생겨났다.

없으면 어때.

최선을 다해서 일을 한다면 성과가 없다 해도 걱정하거나 후회할 일은 생기지 않을 것이다.

만덕체육관은 예전처럼 사람들이 붐비지 않았다.

챔피언 타이틀전이 벌어진 지 꽤 되었고 강태산이 사라지면서 오랜 시간이 흘렀기 때문이었다.

은정이 체육관 안으로 들어서자 사내들이 흘리는 땀방울로 후끈 달아오른 분위기가 느껴졌다.

뜨겁다.

자신의 꿈을 위해 정진하는 남자들의 땀방울은 하나하나에 노력과 정열이 숨어 있는 것이었다.

조심스럽게 플로어를 가로질러 가자 관원을 훈련시키고 있던 김만덕이 그녀를 알아보고 반갑게 인사를 해왔다.

그는 벌써 은정을 여러 번 봤고 강태산 신경 썼기 때문인지 은정에게 상당한 호감을 보여주었다.

"은정 씨, 안녕하세요."

"안녕하세요, 코치님. 잘 지내셨죠?"

"그럼요. 오늘은 더 예뻐 보이시네요."

"고마워요."

"그런데 어떡하죠. 오늘도 태산이 형 안 나왔는데?"

"아무런 연락도 없었나요?"

"그 형은 시합 끝나면 사라져서 얼굴 보기가 힘든 인간이에요. 아마, 시합이나 잡히면 나올 겁니다."

"시합은 언제 해요?"

"아직 미정이에요."

"관장님은 계세요?"

"안에 계시니까 들어가 보세요."

김만덕이 손을 들어 관장실을 가리키자 은정이 고개를 숙여 고마움을 표시했다.

새로 이사한 체육관은 관장실도 꽤 훌륭하게 만들어져 있었다.

위상의 변화.

세계 챔피언을 보유한 만덕체육관은 어느새 서울에서 손꼽히는 대형 체육관으로 성장한 상태였다.

똑똑!

은정이 노크를 하자 안에서 걸쭉한 답변이 들려왔다.

김 관장의 목소리는 언제 들어도 굵고 허스키해서 금방 알아들을 수 있었다.

문을 열고 들어서자 책상에 앉아 뭔가를 정리하던 김 관장이 은정의 얼굴을 확인하고 자리에서 일어났다.

그의 태도는 마치 기다리고 있었던 사람처럼 보였다.

"어서 와요."

"관장님, 안녕하세요. 인사차 들렀어요."

"설마 그러셨겠나. 나를 보려고 오지는 않았을 테고 태산이 찾아온 거겠지?"

"…네. 죄송해요."

"죄송은 무슨. 당연한 건데. 농담 조금 했다고 얼굴까지 붉어지면 내가 무안하잖아. 은정 씨는 너무 착해. 그래서 어떻게 회사 생활을 해요?"

복사꽃처럼 붉어진 은정의 얼굴을 보며 김 관장이 푸근한 웃음을 흘려냈다.

그 웃음에 은정의 얼굴에도 미소가 흘렀다.

"강태산 선수 때문에 제가 너무 힘들어요. 벌써 한 달이 지났는데 아무런 소식이 없어서 윗사람들이 저만 보면 닦달하거든요. 관장님, 어떻게 강태산 선수와 연락할 방법이 없겠어요?"

"연락할 필요 없어요."

"예?"

"방금 전화가 왔더군요. 내일 태산이가 은정 씨 회사로 찾아가겠다고 했어요. 그러니까 돌아가서 기다리면 될 겁니다."

"정말이세요!"

"오후 2시까지 간다고 합니다."

은정은 한달음에 회사로 돌아가 보고를 마치고 더없이 밝은 마음으로 퇴근을 해서 강태산과 약속한 곳으로 갔다.

오빠와의 데이트를 잡은 후 모든 일이 술술 풀려나갔기 때문에 그녀의 기분은 최상이었다.

약속한 잡고기 매운탕집은 맛집으로 유명해서 손님들로 바글거리는 곳이었다.

문을 열고 들어서자 주인이 반기는 소리가 들려왔다.

주인의 목소리는 마치 중국집 종업원처럼 우렁찼고 컸다.

시선을 돌려 두리번거리자 홀 중앙 쪽에서 강태산이 번쩍 손을 드는 게 보였다.

미리 와서 자리를 잡고 있었던 모양이었다.

역시 강태산답다.

집에서는 뭐든지 건성건성 하는 것 같은데 이럴 때 보면 제법 치밀한 구석이 있다.

"언제 왔어?"

"방금."

거짓말이다.

홀 밖에서는 사람들이 번호표를 뽑고 기다리는 중이었으니 강태산이 방금 왔다는 말은 신빙성이 전무했다.

그러나 은정은 피식 웃으면서 아무 말 없이 강태산의 맞은 편에 앉았다.

자신을 위해 하는 거짓말을 굳이 들춰내서 무안을 주는 건 근본적으로 바보 같은 짓이란 걸 너무나 잘 안다.

"시켰어?"

"아니, 너 오면 시키려고 기다렸어. 우리 뭐 먹을까?"

"여긴 잡고기 매운탕 전문이잖아. 그거 먹자."

"오케이."

강태산이 서빙하는 아줌마를 불러 주문을 하자 은정이 기다렸다는 듯 입을 열었다.

강태산을 바라보는 그녀의 얼굴에는 웃음이 방글방글 담겨 있었다.

"오빠야, 아무래도 오빠는 나한테 행운인가 봐."

"무슨 소리니?"

"오빠하고 통화한 다음에 체육관에 갔는데 내일 강태산 선수가 우리 사무실에 온대. 관장님이 기다리고 있더라. 난 처음에는 거짓말인 줄 알았어……."

은정은 오늘 있었던 일들을 늘어놓으며 거품을 물었다.

그녀는 기쁨을 그렇게 표현하고 있었다.

강태산은 그녀가 말할 때마다 가만있지 않고 연신 맞장구를 쳐주며 같이 기뻐해 주었다.

회사원은 언제나 상사에게 자신의 능력을 인정받는 것을 가장 커다란 기쁨으로 여긴다.

그녀는 강태산이 내일 사무실로 계약하기 위해 올 거라는 보고를 했을 때 기획부장에게 입이 닳도록 칭찬받았다는 말을 하면서 웃음을 지우지 못했다.

은정이 오늘 있었던 일들에 대해서 보고를 하는 동안 그들이 시킨 매운탕이 나왔다.

매운탕은 주방에서 한번 끓여 나오기 때문에 가스레인지에 올려놓자 금방 보글거리며 끓었다.

강태산이 숟가락으로 국물을 떠서 입으로 가져간 후 커다란 감탄사를 흘려냈다.

갖가지 맛이 교묘하게 섞여 사람의 미각을 자극하는 매운탕 국물은 이 집만이 가지고 있는 특화된 솜씨였다.

"캬아… 좋다."

"오빠야, 더 끓여야 해."

"지금도 좋아. 은정이도 먹어봐."

"하여간 생긴 건 그렇지 않은데 성질은 급해요. 한 잔 받아."

"응, 그래."

은정이 소주병을 들어 강태산의 잔에 따른 후 자신의 잔을 내밀었다.

매콤한 향기를 뿜어내면서 끓고 있는 매운탕을 앞에 두고 두 사람은 잔을 부딪쳤다.

"은정이의 화려한 직장 생활을 위해!"

"호호, 고마워."

"강태산을 잡았으니까 은정이는 회사에서 영웅이 되겠네. 보너스도 준대?"

"아무래도 그럴 것 같아. 강태산 선수가 광고를 찍어주는 조건이 달리면 광고 수수료가 크게 오르거든. 회사에서는 나만 바라보고 있어. 강태산 선수가 나하고만 이야기한다고 해서 높은 사람들도 나한테 꼼짝 못 해."

"우와, 대단하다."

"에헴."

은정이 장난스럽게 기침을 하면서 어깨를 으쓱했다.

그러자 강태산이 빙글거리며 웃었다.

"보너스 타면 모른 체 마라. 맛있는 거 사줘."

"키킥… 알았어."

"그런데 걔가 찍는 광고는 뭐냐?"

"비밀……. 아직 아무도 모른단 말이야."

"그게 무슨 비밀이지? 어차피 다 밝혀질 건데?"

"으이구, 경쟁 회사가 알면 안 되거든. 그래서 우리 회사 직원들도 아직 몰라."

"알았어……. 그럼 말하지 마."

"이씨, 그렇게 나오면 마음 약해지잖아."

"비밀이라며?"

"좋아, 오빠한테만 알려줄 테니까 어디 가서 절대 말하지 마라. 이거 다른 데 알려지면 나 회사에서 쫓겨나. 알았지?"

"응. 걱정하지 마."

"강태산 선수는 나한테 광고 촬영을 일임했어. 그래서 엄청 고민을 했는데 아무리 생각해도 그게 제일 좋겠더라."

"그게 뭔데?"

"승용차. 강태산 선수의 강력함과 고급 세단의 이미지가 결합되면 엄청난 효과를 볼 거란 생각이 들었어. 아마, 강태산 선수도 좋아할 것 같아."

"고급 세단이라……. 그놈 출세했네."

*   *   *

강태산은 간편한 복장으로 은정의 회사인 '뜰'로 들어섰다.

오후 2시에 오겠다는 보고를 받았기 때문인지 정문에는 기획상무까지 마중을 나와 있었다.

그는 오십 중반의 나이로 보였는데 인상이 후덕하게 생긴 사람이었다.

"어서 오십시오. 저는 기획상무 장영석입니다. 이렇게 직접 뵙게 되어 영광입니다."

"아… 네."

강태산은 그의 인사를 받으면서 은정을 찾았다.

은정은 마중 나온 사람들의 맨 끝에서 자신을 지켜보고 있는 중이었다.

사람들을 헤치고 은정에게 걸어갔다.

그런 후 싱긋 웃으며 인사를 했다.

"서은정 씨, 반갑습니다. 이야기를 들어보니 은정 씨 때문에 우리 관장님께서 꽤 힘들었다고 하더군요. 그래서 제가 하던 일도 다 못 끝내고 이렇게 온 겁니다. 그냥 두면 우리 관장님 이 쓰러질 것 같아서 말이죠."

"아니… 저는……."

과장된 강태산의 이야기에 은정이 말을 잇지 못하고 당황스 러운 표정을 지었다.

하지만, 뒤에 서 있던 기획상무와 부장은 그의 말을 들은 후 은정을 바라보며 사랑스러운 시선을 마구 던지고 있었다.

예전에 왔을 때 들어갔던 룸으로 안내받은 후 강태산은 자 신의 앞에 놓인 커피를 마시며 사람들의 이야기를 들었다.

기획상무는 '뜰'이 얼마나 광고계에서 뛰어난 능력을 가졌는 지 설명했고 기획부장은 자신들이 강태산을 얼마나 높이 평 가하고 있는지에 대해서 거품을 물었다.

피식 웃음이 흘러나왔다.

사는 게 다 이렇다.

자신들의 목적을 이루기 위해 최선을 다하는 사람들의 모 습은 절대 추하지 않다.

그럼에도 강태산은 그들의 말을 중간에서 끊어버렸다.

불편한 자리에 앉아 그들의 이야기를 들으며 시간을 보내고 싶지 않았기 때문이었다.

"자, 그럼 광고에 대해서 이야기를 해보죠. 저번에 제가 은정 씨한테 말한 게 있는데 준비됐나요?"

"예, 준비됐습니다."

강태산이 은정을 바라보며 말을 했기 때문에 다른 사람들의 입이 동시에 닫혔다.

은정이 자리에서 일어난 것은 회의실에 준비되어 있던 컴퓨터를 작동시키기 위함이었다.

"강태산 선수께서 저한테 골라보라고 해서 몇 가지 제품을 준비해 봤습니다. 먼저……."

화면에는 승용차, 아파트, 핸드폰, 백화점 등이 차례대로 떴다가 사라져 갔는데 모두 합해서 10개였다.

은정은 화면에서 제품들이 사라지자 강태산을 바라보았다.

"강태산 선수의 이미지에 맞춰 가장 적합하다고 생각한 항목들이에요. 이 중에서 골라주시면 저희가 세부 제품을 선별하도록 하겠습니다."

"너무 많은데요. 그냥 은정 씨가 골라주시면 안됩니까?"

"그건… 아무래도 워낙 중요한 일이라서 저는 압축하는 일만 했어요. 오셨으니까 이 중에서 직접 하나를 선택하시는 게 좋을 것 같아요."

"나는 은정 씨의 의견을 존중한다고 했잖아요. 은정 씨가 골라주세요."

강태산은 웃음을 지은 채 은정의 눈에서 시선을 떼지 않았다.

잠시 은정이 당황한 표정을 짓고 있을 때 회의실에 앉아 있었던 기획상무와 부장이 눈짓을 마구 보내왔다.

이렇게 된 이상 가장 좋은 조건을 내민 제품을 제시하라는 표시였다.

은정은 잠시 숨을 골랐다.

어제 오빠에게 큰소리를 치면서 자신이 강태산 선수의 광고를 결정할 거라고 했지만 정말 이렇게 될 줄은 생각하지 못했었다.

하지만 그녀는 곧 침착한 표정을 되찾고 조심스럽게 입을 열었다.

"굳이 제게 일임하신다면 저는 승용차가 좋을 것 같아요."

"어떤 승용차가 좋을까요?"

"고급 세단은 어떠세요? 강태산 선수의 고급스러움을 강조하기에 더없이 좋을 것 같아요."

"저는 고급스러움과는 거리가 먼 사람이지만 은정 씨가 추천하니까 그렇게 하죠. 혹시 계약 조건 볼 수 있을까요?"

"계약 조건은 회사별로 준비되어 있습니다."

강태산은 세부적인 계약 내용을 확인하고 그중에서 대한자동차의 신형 차 RX—32를 찍는 것으로 합의했다.

촬영은 2주 후부터 시작되는 것으로 했는데 '뜰'에서는 최고의 광고촬영팀을 배정할 것이란 이야기를 들었다.

강태산의 계약 조건은 1년 단발 광고였는데 모델료만 30억이었다.

그야말로 최고의 대우였다.

사무실을 열고 강태산이 사라지자 기획상무를 비롯해서 10여 명의 직원들이 모두 만세를 불렀다.

대한자동차의 광고 수수료는 다른 어떤 회사보다 좋았기 때문에 그들로서는 대박을 터뜨린 것이나 다름없었다.

기획상무가 먼저 은정을 치하하며 회의실을 나가자 부장을 비롯한 모든 직원들이 은정에게 수고했다며 칭찬을 아끼지 않았다.

은정은 얼굴이 붉어지는 것을 참으며 고맙다는 인사를 했다.

자신이 한 일은 아무것도 없었다.

그저 전화 통화를 한 것과 체육관에 몇 번 찾아간 것뿐이었다.

그런데도 이런 행운이 찾아왔으니 마음 놓고 기뻐하기가 꺼려졌다.

모든 직원들이 회의실을 나가고 그녀가 자료를 정리해서 책상에 가져갔을 때 단짝으로 지내는 촬영팀의 이미숙이 찾아왔다.

"수고했다, 얘. 너 때문에 회사 분위기가 장난 아니야."

"다행이다. 모든 게 잘돼서."

"나가자, 커피 한잔해."

"응."

이미숙의 뒤를 따라 은정이 휴게실로 걸어갔다.

휴게실은 스무 평 정도 규모였는데 깔끔하게 꾸며져 직원들과 찾아오는 손님들이 이용하는 곳이었다.

자판기에서 커피를 뽑아 온 이미숙의 얼굴에는 의미 모를 미소가 담겨 있었다.

"은정아, 너 그 소문 들었어?"

"무슨?"

"강태산 선수가 너를 좋아한다는 소문 말이야."

"그런 소문이 났어?"

"그래."

"별일이네. 그게 말이 된다고 생각하니?"

"지금 막 회사 내에 퍼지고 있는 중이야. 강태산 선수가 너하고만 상대하고 싶다는 말을 했기 때문인 것 같아."

"난 그 사람 딱 두 번 봤을 뿐이야. 그런데 무슨……. 기가 막혀서 말이 안 나온다."

"정말 두 번 봤어?"

"정말이라니까!"

"혹시 첫눈에 반한 건가?"

"누가. 그 사람이?"

"그래."

"야, 너 지금 나 약 올리는 거냐? 그 사람이 누구니. 우리나라에서 지금 가장 인기 있는 톱스타라고. 네가 봤을 때 그런 사람이 첫눈에 맞이 갈 정도로 내가 예쁘다고 생각해?"

"예쁘잖아."

"이씨, 저번에 챔피언 타이틀전 벌였을 때 김가을하고 서유경 얘기 못 들었어? 그때 뉴스에서 난리가 났으니까 알 거 아냐. 내가 걔들하고 비교나 되니?"

"그건 루머지. 언론에서 그냥 떠든 거잖아."

이미숙의 대답에 은정의 입이 떡억 벌어졌다.

그녀의 말속에 담긴 것은 의심의 눈길이었다.

그랬기에 은정은 쌍심지를 키면서 소리를 높였다.

"와, 너 그럼 그 소문을 믿는다는 거냐?"

"남녀 사이에 무슨 일이 못 생기겠니. 그 사람이 현재 우리나라 제일의 톱스타라고 해도 콩깍지가 쓰였다면 가능한 일 아니겠어?"

"두 번 보고?"

"난 한 번 본 놈도 좋다고 따라오더라."

"이게 정말!"

"설명이 안 되잖아, 설명이. 네 말에 신빙성이 있으려면 설명이 되어야 하는데 아귀가 안 맞아. 딱 두 번 봤다면서 내로라하는 광고 전문가들을 전부 팽개치고 너를 찾는 이유가 설명 안 되잖아."

"나도 이해가 안 되는데 그걸 어떻게 설명하니!"

"어쨌든 그것 때문에 여직원들 사이에서 강태산 선수가 널 좋아한다고 소문나는 중이야. 그러니까 알고나 있어."

"마음대로 하라고 해. 난 신경 쓰지 않을 거니까."

"에휴, 운 좋은 년. 네 얼굴 보니까 아닌 것 같긴 하다. 그대도 그런 소문이 나는 게 얼마나 좋니. 나도 강태산 같은 사람하고 스캔들 한번 나봤으면 원이 없겠다."

"으이구, 정신 차려."

"그런데 말이야, 은정아, 정말 그 사람이 너 좋다고 하면 어떻게 할래?"

"절대 그럴 리 없다."

"만약이라고 했잖아!"

"지금까지 너한테 말하지 않았지만 나한테는 사랑하는 사람이 있어. 목숨처럼 사랑하는 사람."

"웃기시네."

"정말이야."

"내가 너를 샅샅이 아는데 그런 사람이 어디 있다고 뻥을 쳐. 믿을 걸 믿으라고 그래라."

"안 믿어도 할 수 없다. 사실이니까."

"그래서 강태산 선수가 대시해도 싫다고 할 거란 말이니?"

"강태산 선수가 아니라 그 할애비가 와도 안 돼."

단호한 음성.

이미숙의 말에 은정은 생각할 여지도 없다는 듯 온몸으로 거부의 의사를 밝혔다.

그러자 의심스러운 눈길을 보내던 이미숙의 얼굴이 잔뜩 찌푸려졌다.

"우와, 이게 이제 보니까 정말 호박씨를 까고 있었던 모양이네. 그런 사람이 있으면서 나한테 소개도 안 해줬단 말이지? 뭐냐, 비밀 사랑이냐?"

"응."

*   *   *

며칠 후 대한자동차의 실무 책임자와 강태산은 계약서에 도장을 찍었다.

그리고 며칠 후 '뜰'은 여자 모델로 현재 인기 절정을 달리고 있는 서유경과 계약을 체결했다.

그동안 콧대를 세우며 이리저리 재던 서유경은 강태산이 모델로 나선다는 소리를 듣자 오히려 먼저 광고를 찍겠다는 제의를 해왔던 것이다.

현재 대한민국에서 가장 잘나간다는 남자와 여자를 모두 붙잡은 '뜰'은 모든 직원이 만세를 불렀다.

그것은 대한자동차 측도 마찬가지였다.

광고 역사상 이런 일은 전무했다.

톱을 달리는 남녀가 동일 광고에 출연하게 한다는 것은 하늘의 별을 따는 것처럼 어려운 일이었기 때문이었다.

모델료는 둘째 치고 톱스타들은 자신의 영역을 침범당하는 걸 극도로 싫어하기 때문에 동시 캐스팅은 거의 불가능에 가까운 일이었다.

광고를 위한 사전 미팅은 출연자의 계약이 모두 끝나고 10일 만에 이루어졌다.

그동안 '뜰'의 직원들은 광고의 콘티를 짜느라 날밤을 새웠는데 기획부의 은정도 덩달아 야근을 해야 했다.

광고기획부는 모델의 출연과 회사의 기획 업무가 담당 임무였지만 은정은 강태산의 전담자로 지정되어 모든 것에 관여하라는 지시를 받았기 때문이었다.

사전 미팅에는 모두 합해 10명이 참여했다.

주연 모델인 강태산과 서유경을 비롯해서 크리에이티브 디렉터, 아트디렉터, 카피라이터, 씨엠플래너의 책임자들이었다.

강태산은 회의실로 들어서며 자신을 바라보는 사람들 중에서 서유경을 발견하고 빙긋 웃음을 지었다.

그녀를 다시 본 것은 두 달 만이었다.

여전히 아름다운 모습.

눈이 부실 정도로 아름다운 그녀의 모습은 회의실에서 단연 광채를 뿜어내고 있었다.

"안녕하세요?"

"잘 지냈습니까?"

서유경이 자리에서 일어나 악수를 청해오자 강태산이 웃는 얼굴로 그녀의 손을 잡았다.

그녀의 얼굴 표정에 담긴 감정이 너무나 묘했다.

뉴욕에서 만났을 때 강태산은 그녀의 자존심을 여지없이 무너뜨렸다.

지금까지 살아오면서 어떤 남자에게도 받지 않았던 모멸감으로 그녀는 귀국한 후 얼마 동안 밥조차 제대로 먹지 못할 정도의 상처를 받았다.

극도로 신경이 날카로워졌고 모든 것에 의욕을 잃어버렸다.

그런 시간이 얼마나 지났을까.

그녀는 스스로를 치유하기 시작했다.

강태산이 자신과 쌍벽을 이룬다는 김가을에게마저 시선조차 주지 않았다는 사실을 상기시키며 천천히 원래의 그녀로 돌아갔다.

텔레비전에서 강태산의 모습이 수시로 나왔으나 피하지 않고 노려봤다.

자존심에 상처를 입었음에도 강태산의 매력은 조금도 반감되지 않았다.

자신을 개무시한 놈에게 매력을 느끼다니.

악수했던 손을 빼고 자리에 앉아 아무렇지 않은 듯 책상에 놓여 있던 콘티를 열었다.

그러나, 가슴은 미친 듯이 뛰고 있었다.

강태산이 대한자동차의 광고 모델로 결정되었다는 소식을 듣고 조금의 망설임도 없이 출연을 결정했다.

다시 한 번 기회를 갖고 싶었다.

저 남자와 시간을 보내면서 왜 그녀가 이토록 매력을 느끼는지 반드시 그 이유를 확인해야 했다.

제작팀의 이미숙은 회의장에 배석하고 있던 은정의 곁에 나란히 앉아 있다가 작은 목소리로 불쑥 입을 열었다.

은정과 그녀는 실무자기 때문에 회의용 탁자에 앉지 못하고 뒤쪽에 놓인 간이 의자에 앉아 있었다.

"이상하지?"

"뭐가?"

"서유경 말이야. 갑자기 출연을 결정했잖아."

"모델료 많이 주니까 했겠지."

"아니야, 쟤 정도면 이 정도 모델료는 어디 가서도 받을 수 있어. 분명 다른 이유가 있을 거야."

"너 또 이상한 소리 하려고 그러지?"

"이상한 소리 아니야. 내가 봤을 때 이번 촬영은 재미난 일이 많이 생길 것 같아."

"그 루머?"

"그래, 서유경이 강태산한테 관심 있다는 루머가 꽤 돌았잖아. 그런데 막상 보니까 사실일 거란 생각이 들어."

"이런 바보. 악수만 하고 전혀 모른 체하고 있는 거 안 보여?"

"그럼 좋아 죽겠다고 방글방글 웃고 있어야 하니, 이렇게 사람들 많은 곳에서?"

"또, 오버한다."

은정이 고개를 살래살래 흔들며 째려보자 이미숙이 금방 자신이 든 서류를 넘기는 시늉을 했다.

제작감독이 콘티에 대해서 설명을 시작했기 때문이었다.

그러나 그녀의 입은 금방 다시 달싹거렸다.

"아무렇지도 않냐?"

"뭐가?"

"경쟁자 생겼잖아."

"하여간 그놈의 주둥이. 난 정말 강태산 선수한테 아무런 관심도 없다니까!"

광고 촬영이 시작되자 수많은 스태프들이 움직였다.

텔레비전에서 나오는 광고는 단순한 것 같았지만 많은 사람들의 노력에서 나오는 것이란 걸 처음으로 알게 되었다.

제작감독의 지시에 따라 세트장에 마련된 샌드백을 두드리는 장면과 줄넘기를 하는 장면을 찍었다.

머리와 얼굴에는 땀이 흐르는 것을 연출하기 위해서 물을 부운 후 촬영했는데 감독은 같은 장면을 이리저리 바꿔가며 좋은 그림이 나올 때까지 필름을 돌렸다.

강태산이 운동하는 모습을 바라보는 스태프들의 표정은 전부 달랐다.

남자들은 부러움에 가득 찬 눈빛이었고 여자들은 감탄에 겨워 어쩔 줄 모르는 눈빛이었다.

특히 뒤편에서 지켜보던 이미숙의 눈은 이미 하늘나라를

헤매고 있었다.

"은정아, 정말 예술이다, 예술. 저 모습은 무조건 사진으로 남겨놔야 해."

옆에 있던 은정을 향해 호들갑을 떨던 이미숙이 자신의 핸드폰을 꺼내 순식간에 요리조리 각도를 틀어대며 십여 컷을 찍었다.

그런 후 핸드폰을 가방에 넣은 후 본격적으로 감상하겠다는 듯 팔짱을 끼었다.

"저 남자, 여자들이 뿅 가지 않을 수 없겠어. 저게 어디 사람 몸이니, 조각이지."

"너, 침 흐른다. 칠칠맞게. 침이나 닦아."

"호호, 침이 언제 흘렀대. 침은 먹고 싶은 거 있을 때 흐르는 거 아닌가?"

"이으구, 사람들 들어."

"볼수록 잘생겼네. 웬만한 영화배우는 명함도 못 내밀겠다. 안 그러니?"

"저 사람 잘생긴 거 이제 알았어?"

"저 품에 안겨보면 원이 없을 것 같아. 와, 정말 탐나네."

"그만해, 신성한 촬영 장소에서 음담패설을 늘어놓고 있어."

"얘, 넌 견물생심이란 말도 못 들어봤어? 저도 실컷 구경했으면서 수녀처럼 말하는 건 무슨 심보냐?"

"야, 촬영 끝났나 보다."

이미숙이 도끼눈을 부라리는 순간 은정이 자리에서 벌떡 일어났다.

강태산이 땀에 젖은 모습으로 그녀에게 다가왔기 때문이었다.

촬영하던 곳에서 그녀가 있었던 곳까지의 거리는 20m나 떨어져 있었지만 강태산은 처음부터 목적지가 정해진 듯 은정을 향해 걸어왔다.

"은정 씨, 물 주세요."

"아… 예."

당황했던 은정이 주변을 살피다가 근처에 있는 물병을 들고 왔다.

그런 후 마개를 따서 강태산에게 주었다.

벌컥벌컥.

강태산은 은정이 준 물병을 들고 그대로 입으로 부었다.

목젖을 따라 들어가는 물소리가 너무나 경쾌했다.

옆에 있던 이미숙은 그 모습을 보며 침을 꿀꺽 삼켰지만 은정은 정신이 혼란스러워 아무런 생각도 하지 못했다.

왜 가까운 곳에 있는 물을 내버려 두고 여기까지 와서 물을 달라고 했을까.

정말 이해하기 힘든 일이었다.

"물맛 좋네요. 은정 씨가 줘서 그런가……?"

"그럴 리가요. 운동한 후라서 그런 거겠죠."

"음……. 안 통하네."

"뭐가요?"

"초반 작업은 이렇게 하는 거라고 배웠거든요. 적극적이지 않고 은근하게."

"예?"

"긴장하시긴……. 농담입니다. 그나저나 오늘 촬영은 모두 끝난 겁니까?"

"네, 끝났어요. 나머지 촬영분은 내일 다른 장소로 이동해서 할 거예요."

"그럼 밥 먹읍시다."

"무슨 밥을……?"

"저녁 밥 먹을 시간이잖아요. 그러니까 밥 사시라고요."

"저보고 밥 사라고요?"

"내가 은정 씨한테 제법 고마운 일을 했다고 생각하는데 아닌가요?"

"아……."

강태산이 은정을 빤히 쳐다보며 말하자 은정의 입에서 자신도 모르게 탄성이 흘러나왔다.

맞았다.

강태산은 어떤 이유인지 모르지만 자신을 선택해서 광고 계약의 주인공으로 만들어준 사람이었다.

그랬기에 그녀는 금방 안색을 고치고 강태산을 향해 입을 열었다.

"그렇지 않아도 감사하고 있었어요. 밥 한 끼로 때울 일은 아니지만 그걸 원하신다면 당연히 사야죠."

"좋군요. 그럼 잠시만 기다리세요. 얼른 샤워하고 나오겠습니다."

"그런데… 이 친구도 같이 가면 안 되나요?"

은정이 급하게 말을 꺼내며 이미숙을 가리켰다.

부담감.

그래, 맞다. 은정은 단둘이 식사하는 것에 부담감을 느낀 것이 분명했다.

그랬기에 강태산은 싱그러운 웃음을 지으며 대답을 해주었다.

"원하신다면……. 하지만, 내 판단으로는 친구분이 눈치가 빨라서 안 가실 것 같은데요. 그렇지 않나요?"

강태산의 말은 협박보다 더 무서운 것이었으니 당연히 이미숙은 포기를 했다.

하지만 따라오지 못한 것에 대한 서운함은 복장이 터질 만큼 컸던 모양이었다.

"야, 서은정. 좋은 시간 보내라."

"좋은 시간은 개뿔. 감사 표시로 저녁 사는 것뿐이야."

"그 남자도 그런 걸까?"

"아니면?"

"너 바보냐. 밥 먹자는 건 데이트하자는 거잖아."

"말도 안 되는 소리 하지 마. 난 밥만 먹고 집에 갈 거야."

"글쎄, 그렇게 될까?"

"넌 왜 자꾸 이상한 쪽으로 몰아가니?"

"재밌잖아."

"미치겠네."

"하여간, 내일 오자마자 보고토록 해. 하나부터 열까지."

"너네 팀 철수하려고 짐 싸는 거 안 보이니? 저기 김 과장님 쨰려본다."

"어이쿠, 가야겠네. 어쨌든 밥 맛있게 먹어!"

이미숙이 부랴부랴 촬영팀 쪽으로 걸어간 후 얼마 지나지 않아 캐주얼복으로 갈아입은 강태산이 은정을 향해 다가왔다.

정말 눈부시게 잘생긴 얼굴이다.

"갈까요?"

"그런데 어디로 가죠?"

"내가 잘 아는 집이 있습니다. 거기로 가는 게 어떻겠습니까?"

"저는 뭐든 잘 먹어요. 그러니까 신경 쓰지 마세요."

은정이 흔쾌하게 대답했다.

어차피 밥만 먹고 헤어질 거라는 생각을 가졌기 때문에 그녀는 강태산의 말에 아무런 토를 달지 않았다.

강태산이 은정을 이끌고 간 곳은 고급스러운 이탈리안 레스토랑이었다.

편안한 모습.

정말 여러 번 와봤던지 강태산은 아무런 거리낌 없이 레스토랑으로 들어섰다. 자리를 잡고 마주 앉자 강태산의 얼굴에서 웃음이 떠올랐다.

"왜 그렇게 긴장하고 있죠. 제가 혹시 무례를 범할까 봐 걱정하는 겁니까?"

"아니에요."

"오늘 나는 여기서 제일 비싼 걸로 먹을 겁니다. 내 신조가 얻어먹을 때는 가장 좋은 걸 먹는 거거든요."

"그러세요. 오늘 지갑 꽉 채우고 왔어요. 드시고 싶은 거 마음껏 드세요."

"좋군요. 자, 그럼 어디 메뉴판 좀 볼까요?"

우습게도 강태산은 빈말이 아니라는 듯 가장 비싼 코스 요리를 시켰고 한 병에 20만 원이나 하는 와인까지 시켰다.

정말 껍데기를 벗기겠다고 작정한 모양이었다.

여종업원에게 주문을 마친 강태산이 은정을 향해 불쑥 물었다.

"남자친구 있습니까?"

"아뇨."

"다행이군요."

"뭐가요?"

"남자친구 없다면서요."

"남자친구는 없지만 사랑하는 사람은 있어요."

"그래요?"

강태산이 눈을 빛내자 은정이 단호한 목소리로 말을 이어 나갔다.

"지금은 열렬히 짝사랑하는 중이지만 언젠가는 그 사람도 저를 사랑해 줄 거라 믿고 있어요."

"그건 사랑이라고 말할 수 없는 거군요. 혼자 하는 사랑은 사랑이 아닙니다."

"사랑 맞아요. 지금은 혼자지만 희망이 있으니까요."

"누굽니까?"

단도직입적인 질문.

강태산은 은정을 바라보며 상대에 대해서 물었다.

여자에게는 절대 쉽지 않은 질문이었다.

그러나 은정은 작심한 듯 그의 질문에 조금의 망설임도 없이 대답을 했다.

"우리 집에서 하숙하는 오빠예요."

"하숙하는 오빠?"

"네. 친오빠처럼 생각하는 오빤데 그 사람은 제가 사랑하고 있다는 것도 몰라요."

"왜 그런 사랑을 합니까. 짝사랑은 아프지 않나요?"

"아뇨, 아프지 않아요. 저는 그 사람만 봐도 즐거운걸요."

"그렇군요."

"우리 다른 이야기 해요."

"싫습니다. 나는 마저 이야기해야 되겠어요."

"그게 무슨……."

"솔직하게 말씀드리죠. 나는 은정 씨에게 관심이 있습니다. 처음 봤을 때부터 좋은 감정을 가졌습니다."

"불편한 말씀이에요. 강태산 선수는 현재 우리나라에서 가장 인기 있는 톱스타잖아요. 감당하기 어려운 말씀이에요."

"그건 제가 원해서 된 것이 아닙니다."

"알아요. 하지만 전 국민이 사랑하고 있는걸요."

"다시 한 번 묻죠. 저는 남자로서 전혀 아닌가요?"

"죄송합니다. 제 가슴에는 그 오빠로 가득 차 있어서 다른 남자를 생각해 본 적이 없어요."

"실망스러운 대답이군요."

강태산은 은정을 빤히 바라보며 은은한 미소를 지었다.

그런 후 천천히 자신의 이야기를 꺼냈다.

"나도 오랫동안 하숙 생활을 했어요. 그 집에는 예쁘고 상냥한 딸이 있었어요. 그 사람도 저를 무척 좋아했지만 저는 그 마음을 받아들일 수 없었어요. 나도 그 사람을 사랑했습니다. 그러나 고백할 수 없었어요."

"왜죠?"

"그때는 가진 게 아무것도 없었거든요. 싫었어요. 그 사람이 불행해지는 것이. 그래서 고백할 엄두를 내지 못했습니다."

"네……."

"은정 씨는 그 사람을 많이 닮았습니다. 그래서 나도 모르게 호감이 갔던 것 같아요."

"그분을 다시 찾지 그랬어요. 지금의 강태산 선수는 모든 것을 가졌잖아요."

"사람의 삶이란 원하는 대로 되는 것이 아니더군요. 이미 그 사람은 다른 사람의 여자가 되어 있었습니다."

"슬픈 기억을 가지셨네요."

"나는 다시 후회하는 삶을 살고 싶지 않습니다. 은정 씨, 내가 남자로 다가갈 수 있는 기회를 주면 안 되겠습니까?"

"죄송해요. 저는 심장을 하나밖에 가지고 있지 않아요."

*　　　*　　　*

이틀 후 촬영은 강태산이 말끔한 슈트를 입고 차를 타는 장면과 도로를 달려서 기다리고 있던 서유경에게 부드러운 키스를 한 후 어디론가 떠나는 장면이었다.

촬영은 아침부터 시작되었는데 서유경은 스태프들이 준비를 하기 전에 나와 사람들을 놀래켰다.

그녀의 촬영 스케줄은 오후에 잡혀 있었기 때문이었다.

강태산이 촬영 장소에 나오자 제일 먼저 인사를 한 것도 그녀였다.

"태산 씨, 어제 좋은 꿈 꿨나요?"

"아뇨, 술을 마셨더니 그냥 곯아떨어졌습니다."

"정말 너무하세요. 저는 설레서 제대로 잠들지 못했는데……"

서유경이 얼굴을 살짝 붉히며 말끝을 잇지 못했다.

무슨 뜻인지 안다.

오늘 촬영분에 그녀와의 키스 장면이 담기기 때문에 그것을 말하는 것이 분명했다.

그러나 강태산은 아무것도 모르는 체 다른 이야기만 했다.

"미인은 잠꾸러기라던데 유경 씨는 잠이 없는 모양이네요."

"미인이 아닌가 보죠."

"그럴 리가요."

"제가 예쁘긴 예쁜가요?"

"그럼요, 유경 씨는 우리나라에서 가장 예쁜 사람이잖아요."

"거짓말하지 마세요."

"저는 거짓말 같은 거 못 하는 사람입니다."

"그런데 왜……. 알았어요. 그렇다고 해줄게요."

서유경의 기분은 한껏 좋아진 것 같았다.

하긴 어떤 여자가 아름답다는 말을 싫어하겠는가.

더군다나 상대는 강태산이었다.

더 많은 이야기를 나누고 싶었다.

호감이 가는 남자와 이야기를 나눈다는 것은 여자로서는 최고의 행복이니까. 하지만 강태산은 가볍게 고개를 숙인 채 그녀의 곁을 냉정하게 떠났다.

"유경 씨, 촬영을 시작하는 모양입니다. 옷을 갈아입어야 될 것 같군요. 나중에 다시 뵙지요."

제3장
복수를 원하는 자들 II

촬영을 위해 정신없이 움직이던 이미숙이 다가온 것은 점심 무렵이었다.

그녀는 식사를 위해 촬영이 중단되자 은정을 향해 초스피드로 달려왔는데 얼굴에는 궁금해서 죽겠다는 표정이 담겨 있었다.

"은정아, 이쪽으로 와."

이미숙의 손에는 도시락이 두 개 들려 있었다.

은정은 멀찍이 떨어져서 강태산이 촬영하는 장면을 지켜보고 있었는데 제작팀 소속이 아니었기 때문에 일에는 직접 참여하지 못했고 그저 구경만 할 뿐이었다.

이미숙의 손에 이끌려 사람들과 떨어진 장소로 간 은정은 도시락을 받아 들며 촬영 장소로 눈을 돌렸다.

강태산은 서유경과 제작감독을 비롯한 스태프들에게 둘러싸여 점심을 먹고 있는 중이었다.

자신도 모르게 흘러나오는 한숨.

정말 이해할 수 없었던 강태산의 호감에 은정은 집으로 돌아가서 한동안 멍해질 수밖에 없었다.

누구나 알고 있는 것처럼 강태산은 현재 대한민국에서 가장 유명했고 가장 멋진 남자였으며 여자들에게는 백마 탄 왕자로 취급될 정도로 완벽한 슈퍼가이였다.

하지만, 그녀가 혼란을 겪은 것은 그런 강태산의 조건 때문이 아니었다.

이상했다.

여러 번 만난 것은 아니었음에도 어제저녁 같이 앉아 식사를 하면서 은정은 줄곧 강태산이 오빠와 비슷하다는 느낌을 여러 번 받았다.

외모에서 차이가 났고 성격이나 분위기도 전혀 달랐으나 자신도 모르게 강태산에게서 아늑함과 편안함이 느껴졌다.

같이 있으면서 극도의 경계심을 내보인 것은 저절로 생겨나는 그런 편안함이 두려웠기 때문일 것이다.

이미숙은 도시락을 열자마자 젓가락을 들어 초밥을 입에 넣었다.

그런 후 은정을 빤히 쳐다보았다.

"이실직고 안 할래?"

"별일 없었어. 밥만 먹고 헤어졌다."

"거짓말!"

"그럼 무슨 일이 있었겠니. 저런 슈퍼스타가 나 같은 여자한테 청혼이라도 했을까 봐?"

"그건 너무 심했고. 혹시 다른 건 없었어?"

"어떤 거?"

"마음에 드니까 한번 자자는 둥… 이런 유혹 없었냐고."

이미숙이 흥미가 가득 찬 얼굴로 묻자 은정의 얼굴이 살짝 붉어졌다.

아무리 친구 사이지만 이런 야한 말을 듣자 어이가 없어졌다.

"하여간 너는 생각하는 게… 정말 대단하다."

"어라, 얼굴이 빨개지는 걸 보니 뭔가 있었구나. 그렇지?"

"있긴 뭐가 있어, 바보야. 어제 저 사람이 엄청 비싼 거 먹어서 지갑만 다 털렸어. 난 이제 앞으로 한 달간 손가락만 빨면서 살 처지야."

"무슨 얘기했어?"

"그냥 사는 이야기지, 뭐. 회사 이야기 그런 거."

"혹시 애인 있냐고 물어봤니?"

"없대."

"정말?"

"훈련하느라 정신이 없어서 애인 못 만들었다고 하더라. 텔레비전에서 얘기한 거 그대로야."

"그럼 섹스는 어떻게 해결한대? 그것도 물어봤어?"

"야, 너 정말 미쳤어?"

"호호… 물어보지 그랬니. 궁금하잖아."

"내가 너 때문에 정말 못 살겠다."

"별거 없었구만. 쳇, 괜히 설레었잖아."

"나중에 너도 밥 먹자고 해봐. 혹시 아니. 너한테는 자자고 그럴지도 모르지."

"아휴, 살 떨려. 그런 일이 있으면 얼마나 좋을까."

"그렇게 좋아?"

"저 남자가 그래준다면 난 금방 팬티 벗는다."

"미친년."

이미숙의 호들갑에 은정이 기겁을 했다.

농담이 분명했으나 그녀의 반응은 도가 지나쳤기 때문이었다.

은정의 반응에 낄낄거리며 웃던 이미숙이 고개를 돌려 강태산 쪽을 바라봤다.

그쪽에는 서유경이 강태산을 바라보며 뭔가 이야기를 하고 있는 중이었다.

"저기, 서유경 있지. 쟤, 아무래도 이상하지 않아?"

"왜?"

"새벽부터 나와서 설쳐대는 게 아무래도 강태산 때문인 것 같단 말이지."

"신경 꺼라. 쟤도 슈퍼스타야. 아무리 호감을 가졌어도 스캔들 날 정도로 멍청하게 행동하지는 않아."

"그럼 뭐하러 왔겠니. 지 촬영은 오후부터 하는데."

"서유경은 일에 철저하다고 소문났잖아. 아침에 온 건 촬영 분위기를 익히기 위해서일 거야."

"넌 항상 긍정적이야. 그래서 재미가 없단 말이지."

"얼른 밥이나 먹어. 저쪽 봐라. 벌써 다 먹고 일어나잖아."

"헉!"

"오늘 촬영 다 끝낸다며. 너 이러다가 정말 감독님한테 찍히겠다."

"이씨, 이게 다 너하고 강태산 때문이야."

오후의 촬영분은 강태산이 차를 몰고 서유경이 기다리는 장소로 가서 키스를 한 후 떠나는 장면이었다.

아름다운 호수가 있는 그림 같은 집.

강촌까지 넘어가야 했기 때문에 이동하는 시간만 2시간 가까이 걸렸는데 막상 도착하자 동화에 나오는 한 폭의 그림 같은 집이 나타났다.

촬영이 시작되고 서유경이 그 집 앞에 서자 완벽한 그림이 만들어졌다.

그만큼 서유경은 아름다웠다.

감독의 요청은 간단했다.

사랑하는 사람을 만나는 남자처럼 부드럽고 따뜻한 감정을 보여달라는 것이었다.

치밀한 사람이다.

그는 강태산에게 차에서 내려 어떻게 움직여야 하는지, 그리고 어떻게 서유경의 몸을 끌어안고 키스를 해야 하는지에 대해서 일일이 직접 보여주었는데 마치 자신이 연기자처럼 행동했다.

강태산은 빙그레 미소를 지었다.

감독은 자신을 키스 한 번 못 해본 숙맥으로 여기는 모양이었다.

그의 불안은 이유가 있긴 하다.

최고의 여배우로 꼽히는 서유경의 앞에 서면 웬만한 남자들은 다리가 후들거린다고 들었다.

그랬기에 감독은 강태산이 제대로 연기를 못 할까 봐 수도 없이 편안하게 마음을 가지라는 말을 해줬다.

그러나 강태산은 이런 것 때문에 가슴을 졸일 남자가 아니었다.

서유경이 아무리 대단한 여자라도 그는 여자 앞에서 당황해 본 적이 한 번도 없었다.

촬영 준비를 위해 연습을 했다.

그냥 해도 무방하다고 생각했지만 감독을 비롯한 스태프들은 철저하게 모든 것을 준비했기 때문에 강태산은 차에서 지어야 할 표정과 내릴 때의 모션까지 같은 동작을 여러 번 반복해야 했다.

서유경이 다가온 것은 카메라의 스탠바이가 모두 끝났을 때였다.

그녀는 웃고 있었다.

"촬영 처음인데 아주 자연스러워요."

"그런가요. 다행이군요."

"저랑 키스하는 거 부담스럽진 않죠?"

"일인데요. 그리고 저는 키스 좋아합니다. 더군다나 유경 씨 같이 아름다운 여자와 하는 키스는 오히려 즐거운 거죠. 전혀 부담스럽지 않습니다."

"다행이네요."

"뭐가 말입니까?"

"저는 혹시 태산 씨가 부담스러워할까 봐 걱정했거든요. 기대하느라 어젯밤 제대로 잠을 자지 못했어요. 아주 아름다운 키스를 하고 싶어서."

"저하고 키스하는 걸 기대했다는 말입니까?"

"그래요."

"의외군요."

"정말이에요. 달콤하고 따뜻한 키스를 해주세요."

"그러죠."

"저는 강렬하게 해주는 것도 좋아요. 옥타곤에서 야생마처럼, 거칠게 싸웠던 태산 씨처럼 강렬한 키스도 좋을 것 같아요."

검은색 슈트를 차려입은 강태산의 모습은 샌드백을 두들기며 땀을 흘리던 강렬한 야성과 대비되며 완벽한 외모를 드러냈다.

완벽하게 빠진 몸매와 어울리는 슈트의 미려한 선, 그리고 그 속에 받쳐진 눈부시도록 하얀 와이셔츠가 조화되면서 강태산의 움직임은 하나하나가 전부 사람들의 탄성을 자아낼 정도로 매력적이었다.

카메라가 정신없이 돌아갔고 감독의 사인에 맞춰 차를 몰아 집으로 다가간 강태산이 승용차에서 내리며 서유경을 향해 걸어갔다.

서유경은 분홍색 원피스를 입은 채 가방을 두 손에 다소곳이 들고 그를 기다리는 중이었다.

간절한 기다림의 눈빛.

그녀의 모습 또한 예술이다.

강태산은 그녀에게 다가가 한동안 시선을 마주친 후 말없이 키스를 했다.

감독을 비롯해서 스태프들이 모두 긴장을 하고 있었으나 강태산에게는 어려운 일이 아니었다.

그녀를 안고 키스를 했다.

향기가 난다.

서유경의 몸에서는 유채꽃 향기가 흘러나왔고 그녀의 입술은 달콤한 사탕처럼 부드러웠다.

입술이 닿는 순간 그녀의 손이 강태산의 허리를 잡아왔다.

그녀는 눈을 감았다.

가볍게 떨리는 몸의 흔들림.

긴장을 한 것은 강태산이 아니라 오히려 서유경이었던 모양이었다.

그러나 그것은 잠시에 불과했다.

서유경은 강태산의 입술이 자신의 입술에 닿고 난 후부터는 격정적으로 강태산의 입술을 탐했다.

수동적이 아니라 능동적인 모습.

너무 놀라 입술을 떼려는 순간 그녀의 달콤한 혀가 이를 헤집고 들어왔다.

기가 막혔으나 강태산은 당황하지 않고 그녀의 혀를 받아들였다.

원한다면 받아준다.

촬영 때문에 벌어진 상황이었지만 그녀가 원한다면 사양할 생각이 전혀 없었다.

강렬한 키스가 끝나고 그녀를 차에 태웠을 때 강태산을 바라보는 서유경의 눈은 발갛게 충혈되어 있었다.

"서유경 씨, 아주 달콤한 혀를 가지고 있군요."

"그랬나요?"

"혹시 나한테 더 원하는 것이 있습니까?"

"있어요."

"뭡니까?"

"당신의 사랑. 솔직히 말씀드릴게요. 당신한테 관심 있어요."

*   *   *

정영미와 서지혜, 황정숙은 고등학교 동창들로서 대학은 달랐지만 졸업하고 회사에 다니는 지금까지 벌써 10년 가까이 단짝으로 지내는 친구들이었다.

전부 서울이 집이었는데 부모들이 제법 잘살았고 그녀들 스스로도 능력이 있어 대기업에 다니는 커리어 우먼으로 살아 가는 여자들이었다.

그녀들은 한 달에 서너 번씩은 꼭 만나서 밥을 먹고 맥줏집에서 2차를 즐긴다.

'비욘세'.

그녀들이 단골로 가는 호프집으로서 매장의 규모가 이백 평에 달했고 손님들로 인해 인산인해를 이루는 곳이었다.

손님들은 주로 이십 대 후반에서 삼십 대 중반까지 젊은 층으로 이루어졌는데 그래서 그런지 분위기가 활기찼고 열기가 뜨거웠다.

'비욘세'의 홀 벽면에는 대형화면이 설치되어 있어 모델들의 워킹 장면이나 각종 스포츠의 주요 장면이 상영되었고 어떤 때는 뮤직비디오도 틀어주었다.

여자들이 둘만 만나도 접시가 깨진다고 했는데 셋이 만났으니 오죽할까.

그녀들도 마찬가지다.

연신 웃고 떠든다. 잠시라도 가만있으면 입에 가시가 돋는지 만날 때마다 그녀들은 그동안 있었던 일들을 쉴 새 없이 떠들었다.

정영미가 서지혜를 바라보며 불쑥 입을 연 것은 황정숙이 웨이터에게 맥주를 세 병 더 시킨 후였다.

"야, 현성 씨와 싸운 거 잘 해결됐어?"

"아직, 지가 뭘 잘못했는지 아직도 모르는 모양이야."

"그만 용서해 주지 그러니."

"용서해 줄 생각 없다. 어차피 결혼할 것도 아닌데 이쯤에서 끝낼 생각이야."

"왜?"

"벌써 1년이나 됐잖아. 다른 남자도 만나봐야지. 걔는 아무래도 아닌 것 같아."

"뭐가 문젠데?"

"지 고집이 너무 강해. 배려해 줄 줄도 모르고."

"섹스는 잘한다며?"

"넌 이년아, 그것만 잘하면 땡이냐?"

"남자는 그게 제일 중요해. 올라갔다 그냥 내려가는 놈은 낙제라고!"

"그래서 창훈 씨랑 헤어졌니?"

"응, 걔는 너무 못해. 걔랑 사귀는 6개월 동안 오르가즘을 한 번도 못 느꼈다니까."

"어이구, 불쌍한 년."

"웬만하면 용서해 줘. 그만한 남자 어디 가서 또 구하냐."

"싫어, 다른 남자 만날 거야. 술이나 마셔라. 세상은 넓고 남자는 많다는데 그 정도 남자 못 구하겠어?"

"하긴 그건 그래."

서지혜가 맥주병을 들자 정영미가 쓴웃음을 지으며 마주 맥주병을 들었다.

하지만, 황정숙은 고개를 돌린 채 그녀들을 바라보지 않고 있었다.

"뭐해, 이년아!"

"야, 저거 봐라. 강태산이다."

"어디?"

황정숙의 시선이 고정된 곳은 대형화면이 걸린 쪽이었다.

그곳에서는 강태산이 위통을 벗은 채 청바지를 입고 샌드백을 두드리는 흑백 장면이 상영되고 있었다.

뚝뚝 흘러내리는 땀방울.

와자지껄하게 시끄러웠던 '비욘세'의 홀이 점점 조용해지더니 모든 사람들의 시선이 대형화면으로 몰려들었다.

강렬한 펀치 세례.

땀을 흘리며 샌드백을 두들기는 강태산의 모습에서는 야성미가 철철 흘러넘쳤다.

그런 후 나타난 강태산의 변화된 모습.

어느새 강태산은 멋들어진 슈트 차림으로 새로 출시된 고급 세단으로 걸어가고 있었다.

차를 타고 도로를 달리는 모습.

그리고 나타난 동화 속에 나오는 아름다운 집과 천사처럼 아름다운 서유경.

부드럽게 정차한 강태산은 차에서 내려 서유경에게 다가가 황홀한 키스를 했다.

'비욘세'의 홀을 가득 메웠던 사람들의 입에서 탄성이 터져나온 것은 두 사람의 키스가 너무나 강렬했기 때문일 것이다.

"저… 저, 와우!"

서지혜의 입에서 자신도 모르게 비명이 흘러나왔다.

하지만, 그것은 옆에 있던 정영미와 황정숙도 마찬가지였다.

"저거 광고 맞지?"

"새로 나온 자동차 광고인 것 같아."

"미치겠네. 요즘 광고는 저렇게 하냐?"

"영화 같다, 얘."

"강태산……. 저놈 정말, 미치겠네. 저년은 좋겠다."

서지혜의 눈은 키스를 하는 두 사람을 보면서 이미 천국을 헤매고 있었다.

"어디 쟤 같은 애 없니. 저 품에 안기기만 하면 당장 죽어도 원이 없겠다."

정영미의 입에서 흘러나온 말이었다.

애인과 헤어졌다는 정영미는 강태산이 서유경과 뜨거운 키스를 마치고 차에 태우는 장면을 보더니 깊은 한숨을 끝없이 내리쉬었다.

자동차 광고는 그녀들 말처럼 한 편의 영화처럼 펼쳐지고 있었다.

강태산의 매력이 듬뿍 담겨진 화면은 흑백과 컬러의 배치가 교묘하게 조합되면서 사람들의 시선을 단박에 사로잡아 버릴 정도로 완벽한 마력을 뿜어내고 있었다.

대한자동차의 CF 모델로 강태산이 출연하면서 사람들 사이에서는 한동안 화제가 끊이지 않았다.

신차인 RX—32의 사전 예약은 불과 한 달 만에 10만 대가 계약되어 대박을 터뜨렸는데 광고업계에서는 강태산의 위력이 제대로 먹혀들었기 때문이라는 분석을 내놨다.

그랬기에 광고주들은 강태산을 붙잡기 위해 혈안이 되었다.

황금 알을 낳는 거위.

강태산은 광고주들에게 그런 존재로 각인되기에 충분할 정도의 파괴력을 보였다.

대한민국을 뒤흔든 사건이 터지기 시작한 것은 강태산이 대한자동차의 신차 모델로 출연해서 신드롬을 일으킨 지 불과 한 달이 지났을 때였다.

일본이 독도 문제를 UN의 국제사법재판소에 다시 제소했던 것이다.

물론 일본은 그동안 끊임없이 같은 짓을 되풀이하며 국제 사회에 독도가 분쟁 지역임을 계속 알려왔지만 이번에는 상황이 달랐다.

타국의 영토 분쟁에 대해서는 관여하지 않는다는 불문율을 깨고 중국과 미국이 일본 편을 들면서 재판이 벌어져야 한다는 주장을 하기 시작했던 것이다.

대한민국은 그동안 일본이 재판을 걸어왔지만 응하지 않았다.

어떤 나라가 자신의 땅을 두고 시비를 걸어오는 상대에게 재판에 응하겠는가.

일본의 제소가 매년 아무런 소득 없이 지나가곤 했던 것은 대한민국 정부가 재판에 응하지 않는다는 전략으로 현명하게 대처했기 때문이었다.

만약 욱하는 심정으로 독도의 영유권을 명확하게 하기 위해 재판에 응한다면 어떤 결과가 일어날까.

일본의 막강한 경제력과 군사력을 감안한다면, 또한 UN에 포진하고 있는 인사들의 면면으로 봤을 때 대한민국은 독도를 뺏기게 될 가능성이 클 수밖에 없다.

대한민국이 재판에 응하지 않은 것은 혹시라도 있을지 모르는 패소를 원천적으로 차단하기 위함이었다.

그러나 이번에는 상황이 달랐다.

중국과 미국이 일본 편을 들면서 국제사법재판소의 규칙을 개정해서라도 재판이 열어야 한다며 압박을 해왔기 때문이었다.

중국과 일본은 센카쿠 열도와 관련하여 계속해서 영토 분쟁을 하고 있는 중이었다.

그럼에도 중국이 일본 편을 든 것은 최근 들어 한반도에서 벌어지고 있는 상황이 자신들의 이익에 극도로 배치되었기 때문이었다.

한반도를 둘러싼 강대국의 행동은 이토록 치졸했다.

목줄을 죄어오는 것처럼 대한민국 주요 기업에게 말도 안 되는 덤핑관세를 뒤집어씌웠고 주요 수출 품목에 대한 제재를 가해오기 시작했다.

"대통령님, 일본이 대대적인 선전 공세를 가해오고 있습니다. 모든 언론을 동원해서 이번에는 반드시 독도를 되찾아야 한다며 일본 정부가 직접 나서서 선동하는 중입니다. 일본 국민의 여론은 그에 따라 악화 일로로 치닫고 있습니다."

"우리 국민들은?"

"독도지킴이를 비롯, 수많은 단체가 일본의 주장에 반박하는 성명을 내면서 반발하고 있습니다. 그들은 우리 정부의 명확한 입장 발표를 기다리면서 시위를 준비하는 중입니다."

"국민들이 시위를 한다고 해서 해결될 내용이 아닙니다."

"그건 그런데… 국민들의 분노가……."

외교부 장관이 말을 끝내지 못하고 대통령의 눈치를 살폈다.

대통령은 얼굴을 잔뜩 굳힌 채 벽을 노려보고 있었다.

대한민국 국민들이 일본의 도발에 대해서 극렬한 반응을 보이는 것은 당연한 것이다.

36년간의 강제 통치를 당하면서 쌓여온 원한.

아직도 그 원한을 잊지 못하고 있는데 일본이 자꾸 독도에 대한 영토 분쟁을 도발해 오자 국민들의 여론은 기름에 불을 부은 듯 뜨겁게 타오르고 있었다.

그러나 대통령은 침착했다.

일국을 이끄는 수장.

박무현 대통령은 차갑게 가라앉은 눈으로 외교부 장관을 향해 입을 열었다.

"그자들이 일본 편을 드는 것은 마찬가지 이유겠지요?"

"그렇습니다. 그자들은 지금이라도 우리가 남북 경협을 깬다면 돌아설 것입니다."

"더러운 자들이군."

"자국에 이익이 위배된다면 그들은 어떤 짓도 할 자들입니다."

"장관께서는 그자들이 우리가 포기하지 않는다면 끝까지 갈 거라고 생각합니까?"

"그럴 수도 있습니다. 유엔에서 그들 삼국이 차지하는 영향력은 절대적입니다."

"결국 그렇게 된다면 독도를 잃을 수도 있겠구려."

"국제사회는 가장 차가운 이성을 가지고 있습니다. 유엔이 그런 결정을 내릴 경우 세계는 그 결정을 받아들일 것입니다."

"우리가 내놓지 않으면 어찌 되오?"

"국제사회의 압박이 시작되겠지요."

"그래도 내놓지 않으면?"

"결국 일본과의 무력 충돌이 예상됩니다."

"음……."

그동안 침착하던 박무현 대통령의 입에서 무거운 신음이 새어 나왔다.

일본과의 무력 충돌은 결코 벌어져서는 안 되는 일이었다.

그동안 대한민국은 미국의 강제적인 조정으로 인해 북한을 주적으로 삼으며 재래식 무기를 확충하느라 수많은 돈을 써 왔다.

정말 쓸데없는 곳에 돈을 쓴 꼴이다.

전투기는 미국의 강매로 구닥다리를 구입했고 미사일은 개발 제한으로 일본조차 타격하지 못할 정도로 엉성한 전력이었으며 해군은 항모가 하나도 없는 실정이었다.

현대전에서 가장 중요한 공군과 해군, 미사일에 대해서는 미국의 제재로 인해 증강 정책을 쓰지 못했기 때문에 대한민국의 전력은 일본에 비한다면 형편없는 수준에 불과했다.

그럼에도 독도를 준다는 건 말도 안 되는 일이다.

무슨 수를 쓰더라도 독도는 반드시 지켜야 했다.

독도를 준다는 건 대한민국을 준다는 것과 마찬가지 얘기다.

외교부 장관의 입이 다시 열린 것은 대통령이 신음을 멈추고 고뇌에 찬 표정을 지을 때였다.

"대통령님, 우리 정부의 입장 발표가 있어야 합니다. 늦으면 늦을수록 국민들의 분노가 커집니다."

"발표합시다."

"어떤 식으로 하면 좋겠습니까?"

"독도는 우리 땅입니다. 일본의 주장은 터무니없으며 강력하게 대응할 것이라 발표하세요."

"유엔이 삼국의 주장을 받아들였을 경우도 생각해 봐야 합니다."

"적극적으로 대응하겠다고 하세요. 모든 국력을 기울여서 국제사회에 독도가 우리 땅임을 지속적으로 홍보하고 반일 감정을 가지고 있는 동아시아 국가들과 연합하는 방법을 강구하시기 바랍니다."

"알겠습니다. 최대한 빨리 조치하도록 하겠습니다."

"비서실장!"

"예, 대통령님."

"오후에 비상 각료 회의를 소집하십시오. 우리는 절대 독도를 두고 협상하지 않을 겁니다. 최악의 상황이 되더라도 말입니다. 오늘 회의 주제는 바로 그것이오."

"일본과의 일전도 포함된다는 말씀이십니까?"

"그렇소."

*   *   *

대한민국 국민들의 반일 감정은 뜨겁게 타오르고 있었다.

일본 대사관 앞에서는 연일 시위대가 포진한 채 일본의 독도 영유권 주장을 규탄했고 모든 언론은 독도가 우리 땅임을 재확인하며 일본의 주장이 터무니없는 사실이라는 것을 보도했다.

1904년 일본의 시네마 현이 독도를 다케시마로 표현하면서 자기네 땅으로 편입한 이후 지금까지 줄곧 독도의 반환을 요구해 왔다.

한때는 무시로 일관한 적이 있었다.

아무리 일본이 떠들어도 실제 점유를 하고 있는 건 대한민국이었고 일본의 의도가 분쟁 지역으로 조장하면서 압박용으로 쓰는 것이었기 때문에 그동안 무대응이란 전략을 써왔다.

그러나 점점 일본의 수위가 높아지면서 대한민국의 국민들이 본격적으로 분노를 표출하기 시작했다.

일본은 중고등 교과서에 독도가 자신들의 땅이라고 공공연히 표시했고 UN에 압박을 가해 유엔이 공식 운영하는 전 세계 지리 정보 자원 사이트가 독도를 '리앙쿠르 록스(Liancourt Rocks)'로 표기하며 '주권이 정해지지 않았다(sovereignty unsettled)'로 만들었기 때문이었다.

여기에 미국과 중국이 동조를 하면서 유엔 국제사법재판소에 독도에 관한 재판이 열릴지 모른다는 소식이 알려지자 국민들의 분노는 극에 달했다.

독도는 단순한 섬이 아니었다.

대한민국의 긍지였고 자존심이었으니 국민들은 모두 독도를 아끼고 사랑하며 반드시 지키고자 했다.

강태산이 식구들과 함께 저녁을 먹고 거실에 모여 앉아 있을 때도 텔레비전에서는 일본의 제소 소식이 끝없이 이어지고 있었다.

국민들의 분노.

일본 대사관의 앞에서 천여 명의 시민이 모여 피켓 시위를 하는 장면이 흘러나왔다.

그들의 얼굴은 분노로 인해 붉게 상기되었고 행동은 거칠어져 있었다.

억울한 일을 당한 사람은 이토록 처절하게 변하는 모양이다.

텔레비전을 지켜보던 식구들은 모두 얼굴이 굳어 있었다.

특히 은정이는 사람들이 시위하는 장면을 보면서 겁이 났는지 몸을 웅크리고 있었다.

"오빠야, 이러다가 큰일 나는 거 아냐?"

"큰일이라니?"

"일본하고 싸움이라도 나면 어떡해?"

"전쟁은 쉽게 나지 않아. 그러니까 걱정하지 마."

"인터넷에서 보니까 미국과 중국이 일본 편을 들면 재판이 열릴 수도 있다잖아. 재판이 열리면 우리가 진대."

"독도는 수천 년 동안 우리나라 땅이었어. 일본이 우리나라를 강점하면서 뺏었던 독도는 1946년 연합국최고사령부가 우리나라 땅으로 공식적으로 확인해 줬기 때문에 국제사회에서도 공식화되어 있는 상태야."

"그런데 일본은 왜 그래?"

"욕심을 부리는 거지. 독도를 얻게 되면 그만큼 얻는 게 크
니까. 더군다나 일본은 우리나라보다 힘이 세거든."

"완전 도둑놈 심보네. 힘 있다고 남의 나라 땅을 제 거라고
우긴단 말이야?"

"아직도 저들은 그 옛날의 영화를 추억하고 있는 모양이다."

강태산이 말을 하면서 얼굴을 찌푸렸다.

은정의 말대로 도둑놈 심보다.

군사력이 우세하다고 일본은 언제나 대한민국을 우습게 보
면서 수없이 많은 압박을 가해왔다.

그게 너무 마음에 들지 않았다.

가만히 있던 은영이 거품을 물면서 소리친 것은 그녀 역시
화가 났기 때문일 것이다.

"정부는 왜 가만히 있는 거야. 일본한테 자꾸 엉뚱한 소릴
하면 가만두지 않겠다고 해야 되는 거 아냐!"

"종이호랑이란 말 들어봤니?"

"뭐야, 지금 왜 그런 소릴 해?"

"일본은 우리가 엄포를 놔도 꿈쩍하지 않을 거다. 아니, 오
히려 가소롭게 여기겠지. 놈들은 우리를 종이호랑이쯤으로 생
각하고 있으니까."

"이씨!"

"일본은 지금 미국의 주력기 F-22 랩터급의 스텔스기를 150대나 보유하고 있어. 나머지 전투기도 우리보다 세 배나 많고. 해군력도 마찬가지야. 놈들은 항공모함 전대가 다섯 개가 있는데 우리는 하나도 없다. 군사력에서 너무 차이가 커."

"그럼 일본이 전쟁을 일으키면 우리가 져?"

"군사력만 따진다면 무조건 진다."

"그럼 어떡해. 독도 뺏기는 거야?"

"아니, 결코 그렇게 되지는 않는다."

"왜?"

"오빠가 그냥 두지 않을 거거든."

"우와, 오빠는 이 와중에도 농담이 나오냐. 정말 생각이 없어, 생각이."

"오빠가 못 할 것 같아?"

"오빠가 무슨 슈퍼맨이냐. 혼자서 일본을 상대하게!"

"크크크, 귀여운 놈."

은영이 눈을 부라리자 강태산이 이상한 웃음을 지으며 은영의 머리를 쓰다듬었다.

이제 그만 방으로 돌아갈 시간이었다.

시간은 이미 11시가 가까워지고 있었다.

강태산이 은영의 머리를 흐뜨리고 자리에서 일어나자 권 여사가 웃는 얼굴로 따라 일어났다.

"잘 거니?"

"그래야죠. 내일 일해야 되잖아요."

"그래, 쉬어. 내일 아침 뭐 해놓을까?"

"콩나물국 해주세요."

"술도 안 먹었으면서 웬 콩나물국?"

"기분 나쁜 뉴스를 봤더니 속이 쓰려서요."

"호호, 알았다. 내가 맛있게 준비해 놓을게."

"안녕히 주무세요."

핸드폰에서 전화벨이 울린 것은 강태산이 권 여사에게 인
사를 하고 거실을 빠져나와 자신의 방에 들어섰을 때였다.

발신자에 뜬 이름은 UFC의 회장 톰슨이었다.

"회장님, 안녕하십니까?"

―미스터 강, 잘 쉬고 있소? 시합한 지 벌써 두 달이 되어가
는구려.

"그렇군요."

―이제 서서히 시합 일정을 잡아야 할 것 같아서 전화를
했습니다. 팬들이 미스터 강의 시합 날짜를 학수고대하고 있
어 일정이라도 알려줘야 할 것 같아서 말이오.

"상대는?"

—그것도 상의해 봅시다. 미스터 강은 누구를 방어전 상대로 원합니까?

"혹시 회장님이 생각하신 상대가 있습니까?"

—지금 나는 세 사람을 생각하고 있습니다.

"누굽니까?"

—첫 번째는 랭킹 2위에 올라 있는 히카르도요. 맥도웰을 제외하고 현재 가장 강한 도전자로 알려진 선수요.

톰슨이 먼저 히카르도의 이름을 꺼냈다.

무서운 기세로 치고 올라온 그는 7연속 KO승을 이끌어내며 가장 강력한 도전자로 주목받고 있는 강자였다.

마음에 든다. 강한 자와 상대한다는 건 언제나 즐거운 일이니까.

"좋군요. 다른 사람은 누굽니까?"

—카푸요. 카푸는 랭킹 4위에 랭크되어 있는데 미스터 강과 스타일이 비슷해서 화끈한 경기가 될 거라고 생각됩니다. 마지막은 당신이 한 번 상대해 봤던 요시다요. 요시다는 당신과의 시합 이후 2연승을 거두면서 랭킹 5위까지 올라와 있는데 복수를 해야 한다며 기회를 달라고 아우성이오.

"이유는?"

—미스터 강하고 싸우면서 자기가 가장 잘 싸웠다는 이유를 대더군. 요시다는 당신과의 재대결에 강한 자신감을 보이

고 있소.

"그럼 요시다로 합시다. 나는 요시다가 마음에 드는군요."

─일정은?

"UFC 470. 장소는 대한민국!"

　　　　　*　　　　　*　　　　　*

톰슨은 요즘 너무 기분이 좋았다.

제프리 조던이 발굴해서 데려온 강태산은 황금 알을 낳는 거위였다.

현재 미국을 비롯해서 전 세계 UFC 팬들의 이목은 강태산에게 모두 쏠려 있었고 그의 방어전을 학수고대하는 중이었다.

한 가지 아쉽다는 것은 강태산이 UFC를 위해 활동해 주지 않는다는 것이었다.

아무리 많은 돈을 준다고 해도 강태산은 어떤 자리에도 응하지 않았다.

각종 토크쇼는 물론이고 인터뷰조차 어려울 정도로 그는 시합이 끝나면 귀신같이 사라져서 그의 속이 새까맣게 타들어가도록 만들었다.

그럼에도 강태산이 다음 상대로 요시다를 선택하자 그런

실망은 한순간에 날아가 버렸다.

그 역시 작금의 한일 관계를 누구보다 잘 알고 있었다.

민감한 양국의 상황.

이런 상황에서 두 야수의 격돌은 전 세계의 이목을 단박에 끌어들여 공전절후한 빅게임으로 치러지게 될 것이다.

요시다 측의 주장대로 강태산에게 우세한 경기를 펼친 것은 그가 유일했다.

물론 마지막에 KO패를 했으나 요시다는 1라운드에서 일방적인 공격을 퍼부었을 정도로 유리한 게임을 했다.

문을 열고 제프리 조던이 들어오자 그의 얼굴에서 조급증이 나타났다.

"어찌 됐소?"

"요시다 측에서는 무조건 하겠답니다."

"장소가 한국이라도 말이오?"

"그렇습니다. 오히려 잘됐다고 하더군요. 한국에서 이전에 당한 복수를 하겠다며 큰소리를 치고 있습니다."

"푸하하, 화끈해서 좋군."

기대했던 대답이 제프리 조던의 입에서 나오자 톰슨이 유쾌한 웃음을 터뜨렸다.

UFC 470은 앞으로 세 달 후에 벌어지기 때문에 준비할 시간이 빡빡했다.

더군다나 지금 한창 긴장이 고조되는 한국에서 시합한다는 것 때문에 요시다 측이 난색을 표했다면 일은 복잡하게 변했을 것이다.

복잡한 건 딱 질색이다.

더군다나 그는 양쪽의 의견을 조율하면서 신경 쓰는 걸 극도로 싫어했다.

웃음을 멈춘 톰슨의 입이 다시 열린 것은 제프리 조던의 얼굴에서 미소가 떠나지 않았을 때였다.

그는 자신의 안목으로 강태산을 발굴해서 빅 히트를 친 것으로 돈과 명예를 한꺼번에 쥔 사람이었다.

"이봐요, 조던. 당신이 봤을 때 이번 게임의 PPV가 얼마나 될 것 같소?"

"저번 강태산의 시합은 700만을 기록했습니다. 그러나, 이번 시합은 그보다 훨씬 클 겁니다."

"저번 시합은 맥도웰이라는 카드가 있었기 때문에 그런 것 아니겠소?"

"회장님, 맥도웰이 커다란 흥행성을 가졌던 것은 사실이지만 강태산은 그보다 훨씬 파괴력이 큽니다. 그 당시에도 700만이란 숫자를 기록한 것은 맥도웰보다 강태산 때문이었습니다. 저는 분명 역대 최고의 PPV를 기록할 거라 확신합니다."

"사실 나도 그렇게 생각하고 있소. 그런데 조던, 우리가 한

가지 놓치고 있는 게 있어요."

"뭡니까?"

"강태산과의 계약이 이번 경기로 끝난다는 것이오."

"벌써 그렇게 되었군요."

"아쉽소. 이럴 줄 알았다면 장기 계약을 했어야 됐는데 말이오."

"어쩌실 생각입니까?"

"그것만 생각하면 벌써부터 머리가 지끈거려요. 놈이 오죽 영악해야지."

"그놈은 매니저를 통해서 협상하지 않고 직접 움직입니다. 회장님 말씀대로 무척 영악한 놈이지요. 하지만, 우리가 최대한의 성의를 보인다면 응하지 않겠습니까?"

"최대한의 성의가 얼마란 말이오?"

"놈이 이번 경기를 이긴다면 최저 선은 50만 달러부터 시작해야 될 겁니다. PPV도 이전보다는 더 얹어줘야 될 것 같고요."

"놈이 진다면?"

"그렇다면 이야기는 달라지지요. 놈이 만약 이번 경기에서 질 경우 우리의 베팅은 반 토막부터 시작할 수 있습니다."

"그놈이 질 가능성은?"

"요시다는 강력한 도전자 중의 한 명입니다. 이전 경기에서

다 잡은 경기를 놓쳤지요. 더군다나 일본 격투기계가 모두 나서서 강태산의 단점을 파악하고 대책을 마련했다는 정보가 입수되었습니다. 그것이 사실이라면 요시다도 만만치 않을 겁니다."

"누가 이길지 장담할 수 없다는 뜻이오?"

"그렇습니다."

*   *   *

타카타도장은 초현대식으로 지어진 5층 건물이었는데 선수들이 훈련할 수 있는 체육관은 물론이고 홍보와 계약 업무를 담당하는 사무실, 근력강화실과 물리치료실까지 구비되어 있었다.

회장의 집무실에 사람들이 모여든 것은 오후 2시 무렵이었다.

모인 사람들은 회장인 타카타를 비롯해서 도장의 최고 전문 트레이너들과 홍보 책임자, 그리고 이번 시합에 출전하는 요시다였다.

트레이너 중에는 15년 전 최초로 UFC 페더급 챔피언을 일본에 안겨준 아오키가 있었고, 전설적인 복싱 영웅 와지마를 키워낸 젠코도 포함되어 있었다.

그야말로 화려한 면면을 자랑하는 트레이너진은 타카타도장이 일본 격투기계를 장악하게 만든 원동력이었다.

타카타는 오십 대 중반의 사내로서 20년 전 타카타도장을 세운 후 기라성 같은 강자들을 수없이 키워낸 일본 격투기계의 산증인이었다.

그의 입김은 일본 격투기계를 좌지우지할 정도로 컸고 그는 격투기계의 대부로 불렸다.

사람들은 갑작스러운 호출에 영문을 모른 채 모여들었는데 타카타가 아무런 언질도 주지 않았기 때문이었다.

사람들이 모두 자리에 앉자 굳은 얼굴을 하고 있던 타카다가 천천히 입을 열었다.

그의 입에서 타고 흘러나온 목소리는 탁했고 쇳소리가 포함되어 듣는 사람으로 하여금 자연스럽게 긴장하도록 만드는 힘이 있었다.

"요시다의 시합이 잡혔다. 상대는… 강태산이다!"

갑작스러운 타카타의 선언에 방에 있던 사람들의 얼굴이 와락 일그러졌다.

회장은 농담을 하는 사람이 아니다.

더군다나 타카타도장의 핵심 인물들을 모아놓고 선언했으니 무조건 사실이다.

먼저 입은 연 것은 아오키였다.

그는 타카타도장의 수석 트레이너를 맡고 있기 때문에 대표로 의문을 나타냈다.

"강태산이란 말입니까? 언젭니까?"

"UFC 470, 앞으로 세 달 후다."

"빠르군요."

"결코 빠르지 않다. 우리는 그놈을 잡기 위해 지금까지 노력해 왔지 않느냐."

"마지막 훈련에 스퍼트를 해야 합니다. 놈의 약점은 철저하게 분석했지만 요시다가 아직 파훼법을 완벽하게 익히지 못했습니다."

"요시다!"

"예, 회장님."

타카타의 부름에 요시다가 눈을 치켜떴다.

그는 자신의 다음 시합이 강태산이란 말을 듣고 나서 무섭게 얼굴을 굳히고 있는 중이었다.

"목숨을 걸 각오가 되어 있느냐?"

"복수만 할 수 있다면 목숨 정도는 아무것도 아닙니다."

"그렇다면 후지산에 올라가라."

"후지산에 말입니까?"

"그렇다. 너는 여기 있는 트레이너들과 함께 후지산에 올라가서 시합 때까지 내려오지 마라."

"그건······."

"이놈!"

요시다가 주춤거리고 대답을 못하자 타카타의 입에서 무서운 일갈이 터져 나왔다.

그는 요시다의 태도에서 분노를 느끼고 있었다.

"네가 강태산에게 왜 졌는지 아느냐?"

"저는··· 마지막 순간에 방심을 했습니다."

"바보 같은 소리! 너는 방심 때문에 진 것이 아니라 반드시 이기고자 하는 의지가 부족했기 때문에 진 것이다. 내말이 틀리냐?"

"그렇지 않습니다."

"그렇지 않은데 대답을 망설인단 말이냐. 내가 이유를 알지. 네가 미호의 유혹에서 벗어나지 못했기 때문이다. 아니냐?"

"······."

요시다가 고개를 떨궜다.

타카타의 지적은 정확한 것이었다.

현재 자신은 톱 모델이자 탤런트로 인기를 끌고 있는 미호와 사귀고 있는 중이었다.

수많은 여자들과 사귀었지만 미호만큼 자신의 마음을 사로잡은 여자는 없었다.

평생을 같이 살고 싶은 여자.

미호는 바로 그런 여자였다.

후지산에 오르면 3개월이란 시간 동안 미호를 보지 못할 테니 선뜻 가겠다는 말이 떨어지지 않았다.

그것은 목숨을 건다는 것과는 다른 의지였고 다른 주저함이었다.

미호를 보지 않고 지내야 하는 3개월은 그에게는 죽음과도 같은 고통을 주게 될 것이 분명했다.

그러나 요시다는 곧 이를 악물고 고개를 들었다.

미호를 생명처럼 아끼고 사랑하지만 강태산에게 당한 것에 대한 복수만큼은 타카타에게 말한 것처럼 목숨을 거는 한이 있어도 반드시 하고 싶었다.

"후지산에 가겠습니다."

"진심이냐?"

"그렇습니다."

"좋다. 목숨을 건다는 것은 네 전부를 건다는 것을 의미하는 것이다. 배신할 여자라면 네가 있든 없든 마찬가지다. 그러니, 3개월 동안 후지산에서 혹독한 훈련을 해라."

"알겠습니다. 이번에는 기필코 강태산을 때려잡아 조국에 챔피언 타이틀을 선사하겠습니다."

"그래, 바로 그것이다. 일본의 명예를 잊지 마라. 사무라이의 정신으로 강태산을 베어라."

*　　　*　　　*

강태산의 타이틀전이 잡혔다는 소식은 UFC 측과 일본에서 먼저 터져 나왔다.

UFC 회장 톰슨은 기자회견을 열어 강태산과 요시다가 1차 방어전을 서울에서 갖는다는 발표를 했고 비슷한 시기에 일본의 언론들도 호외를 때렸다.

갑작스러운 발표 소식에 뒤늦게 국내 언론이 벌집을 쑤셔놓은 듯 시끄러워졌다.

일본과의 대립으로 인해 사회 분위기가 어수선했지만 강태산의 방어전 소식은 그런 것들을 한꺼번에 잠재우며 사람들을 열광시키기에 충분했다.

슈퍼스타 강태산의 1차 방어전.

더구나 그 상대가 일본의 요시다란 사실에 대한민국 국민들은 뜨거운 반응을 보였다.

단순히 강태산의 시합이 서울에서 열린다는 사실만 가지고도 엄청난 화제가 되었을 텐데 일본과의 관계가 엮어지면서 사람들은 모두 입에 거품을 물면서 강태산의 경기를 학수고대했다.

하지만 강태산의 경기를 기다리고 있는 것은 대한민국과 일본 사람들뿐만이 아니었다.

전 세계의 UFC 팬들이 전부 들썩였다.

지금까지 30여 년의 격투기 역사상 강태산처럼 심장을 뜨겁게 만드는 전사는 본 적이 없기에 전 세계의 이목이 강태산의 방어전이 잡히자 한꺼번에 몰려들었다.

"씨발, 요시다란다."

"그러니까 말이지. 정말 탁월한 선택 아니냐?"

"뭐가?"

"그 새끼는 태산이gks테 박살이 난 놈이잖아. 그러니까 이번에도 확실히 이길 거다."

"그렇긴 한데… 조금 찜찜하네."

"왜?"

"신문 보니까 요시다 그 새끼가 아주 자신을 하더라고. 이번만큼은 확실하게 KO로 이긴다면서 인터뷰를 했더라니까."

"그 말을 믿냐. 일본 놈들은 원래 큰소리를 잘 치는 족속들이야!"

세일물산의 김 대리가 동기인 박 대리를 향해 소리를 질렀다.

둘은 휴게실에 앉아 있었는데 커피를 마시면서 강태산의 방어전에 대해 이야기를 하고 있는 중이었다.

원래 김 대리는 격투기를 좋아하지 않았지만 강태산의 타이틀전을 본 후 흠뻑 빠져들어 요즘은 빠짐없이 UFC 경기를 챙겨 봤기 때문에 전문가가 다 되었다.

휴게실에 놓인 텔레비전에서는 강태산의 방어전 상대인 요시다의 최근 경기를 방송하면서 만만치 않은 경기가 될 것이라는 멘트를 흘리고 있었다.

요시다가 최근 벌인 두 경기에서 압도적인 경기력으로 상위 랭커들을 잡았기 때문이었다.

더군다나 이전 경기에서 초반 우세를 점했기 때문에 전문가들은 강태산의 압도적인 승리를 쉽게 예상하지 못했다.

그것이 다혈질인 김 대리를 열 받게 만들었다.

"저런 것들이 무슨 전문가라고 떠들어! 태산이는 무패의 챔피언이야. 그것도 16번을 전부 KO로 이겼는데 무슨 헛소리야!"

"원래 저놈들은 그렇게 말한다. 그래도 강태산이 우세하다고 하잖아."

"야, 너도 생각해 봐. 요시다 저놈하고 경기할 때 태산이가 불리했냐. 내가 봤을 때는 1라운드엔 탐색전을 한 건데 저놈들은 심심하면 불리했다고 지랄하잖아."

"그건 그렇지. 태산이가 맞은 건 별로 없었으니까. 그래도 일본 놈들은 그렇게 생각하지 않는 모양이더라. 저기 전문가 놈들도 그렇고."

"말도 안 되는 소리야. 두고 봐라. 강태산이 분명히 이겨. 이번에는 초반부터 박살을 낼 거다."

"나도 그랬으면 좋겠다. 그래서 독도가 지들 거라고 미친 지랄을 하는 일본 놈들의 코를 납작하게 만들어줬으면 소원이 없겠다."

제4장
요시다의 칼

TCN은 비상이 걸렸다.

이번 강태산의 1차 방어전은 정해진 룰에 따라 TCN에서 중계방송을 하기 때문이었다.

JYN에서 따먹은 챔피언 도전전은 그야말로 대박이 났었고 잔머리를 써서 뉴욕까지 따라간 '대단한 도전, 투신 강태산' 편은 역대 최고의 시청률을 기록했다.

부러움에 가슴이 쓰라렸으나 다음을 기약하며 마음을 다잡았다.

강태산이 챔피언이 된 이상 JYN에서 누렸던 것보다 훨씬 커다란 미래가 다가올 것이라 믿었기 때문이었다.

이제 기회는 TCN 쪽에 찾아왔다.

더군다나 상대는 요시다.

현재 진행되고 있는 일본과의 갈등 상황과 대한민국의 심장 서울에서 경기가 벌어진다는 사실은 전 국민의 열화와 같은 관심을 끌어내기에 충분하고도 남았다.

그랬기에 TCN 측은 아직 시합까지 3개월 가까이 남아 있음에도 회사의 사활을 걸고 비상 체제로 돌입했다.

물론 그 선두에 서 있는 사람은 스포츠국장이었다.

스포츠국장 정현탁이 최유진을 부른 것은 강태산의 방어전이 확정되었다는 외신이 터져 나온 다음 날이었다.

그는 이미 발 빠르게 담당 PD와 전담 캐스터, 해설자, 홍보팀을 불러 비상 회의를 마쳤고 계획서까지 꾸려 사장에게까지 보고한 후였다.

최유진이 조심스럽게 문을 열고 들어서자 담배를 피우면서 서류를 뚫어지게 쳐다보고 있던 국장의 시선이 다가왔다.

건조했다.

그의 시선에서 그가 얼마나 스트레스를 받고 있는지 알 수 있었다.

"어서 와."

"예."

"무슨 일로 불렀는지 대충 짐작하고 있겠지?"

"알고 있습니다."

"최 기자, 지금 우리 방송국은 이 경기에 사활을 걸고 있어. 사장님도 엄청난 관심을 가지고 있단 말이다."

국장이 뚫어지게 바라보자 최유진이 삼켜지지 않는 침을 억지로 넘겼다.

그의 시선이 부담스러웠다.

그가 그녀에게 바라고 있는 것이 무엇인지 너무나 잘 알기에 더욱더 표정이 일그러졌다.

그녀의 얼굴은 방으로 들어올 때부터 회색빛으로 변해 있었다.

그럼에도 국장은 자신의 말을 계속해서 이어나갔다.

"최 기자, 부탁한다."

"국장님. 저는 더 이상 못 해요. 제가 강태산 선수를 따라다닌 게 벌써 2년 가까이 되었어요. 그동안 말씀 안 드렸지만 너무 힘들었고 괴로웠어요. 그러니 이번만큼은 다른 사람을 시켜주세요."

"그게 무슨 소리냐?"

"강태산 선수를 따라다니는 일 그만하겠다는 말입니다."

"유진아, 너에게 강태산이란 존재는 더없이 커다란 언덕 같은 존재다. 강태산으로 인해 야구여신으로 불리던 네가 이제는 격투기의 여신으로 불리고 있잖냐."

"알아요. 하지만, 이젠 그만둘래요."

"도대체 이유가 뭐냐?"

"그건……. 어쨌든 이번에는 하고 싶지 않아요."

"내가 사장님한테 큰소리를 칠 수 있었던 것은 네가 있었기 때문이었다. 너만큼 강태산을 철저하게 마크할 수 있는 사람이 누가 있어! 제발, 내 심장 떨어지는 소리 하지 마라."

"저 좀 봐주시면 안 돼요? 정말 너무 힘들다구요."

최유진이 우는 표정을 지었다.

강태산에 대한 좋은 감정은 끝내 숨길 수밖에 없었다.

이미 강태산은 오르지 못할 높은 산이 되었기에 그녀는 자신의 감정을 억누른 채 고뇌와 고통을 이겨내기 위해 많은 시간을 보냈다.

시합이 끝나고 두 달 동안 그녀가 강태산을 찾지 않은 것은 그런 이유가 있었기 때문이었다.

그를 본다면 간신히 추슬렀던 그 아픔이 되살아날까 봐.

그러나 국장의 표정은 완강했다.

"네가 강태산 때문에 얼마나 고생했는지 안다. 하지만 직장인이 힘들다고 일을 안 할 수도 없는 일 아니냐. 더군다나 너는 기자야. 기자는 국민들의 알 권리를 위해서 최선을 다해야 하는 사람들이다."

"제가 회사를 그만두겠습니다."

"야, 인마!"

"저는 정말 하기 싫어요."

"최 기자, 아니, 유진아. 내 얼굴을 봐서라도 해주면 안 되겠냐?"

"…국장님."

"부탁한다."

참으로 사는 게 지랄 같다.

국장은 어느새 간절한 눈을 한 채 그녀의 손을 잡고 있었다.

한숨이 흘러나왔고 가슴이 무거워졌으나 국장의 눈을 보자 못 하겠다는 말이 더 이상 나오지 않았다.

그랬기에 그녀는 눈물을 글썽이면서도 국장의 손을 빼지 못했다.

＊　　　　＊　　　　＊

요시다는 짐을 모두 꾸린 후 미호에게 전화를 걸었다.

아름다운 목소리.

그녀의 목소리는 언제 들어도 상냥했고 부드러웠다.

요시다는 반가워하는 그녀의 목소리를 뒤로하고 그들이 자주 가던 긴자의 초밥집으로 나오라는 말을 꺼냈다.

떠나기 전 그녀의 모습을 보고 싶었다.

그러자 미호는 오늘은 촬영 때문에 어렵다며 난처함을 나타냈다.

그래도 요시다는 막무가내로 그녀에게 7시까지 나오라는 말을 남기고 전화를 끊었다.

미리 오늘 밤에 후지산으로 들어간다는 말을 해주지 않은 것은 그녀의 사랑을 확인하고 싶었기 때문이었다.

치졸하다면 치졸한 생각이다.

그럼에도 그런 짓을 한 것은 미호에 대한 사랑이 너무나 힘들었기 때문이었다.

미호는 수많은 남자들이 침을 흘릴 정도로 아름다운 여자였다.

그와 만나기 전에도 재벌가의 2세와 염문이 파다했고 사귀는 와중에도 꽤 많은 놈팡이들이 대시를 했다는 걸 알고 있었다.

과연 그녀는 자신을 얼마나 사랑하고 있을까.

자신이 없었다.

이제 그녀를 사귄 지 겨우 3개월밖에 되지 않았으니 만난 시간만큼의 이별은 그녀의 사랑을 희석시키기에 충분한 시간이 될 것이다.

재미도 없는 텔레비전을 보다가 시계를 확인한 후 옷을 갈아입고 천천히 집을 나섰다.

택시와 전철을 이용해서 긴자까지 가자 40분이라는 시간이 흘렀다.

약속 장소에 도착했을 때는 미호에게 만나자고 했던 7시보다 30분이나 빨랐다.

아마, 오지 않을 것이다.

그녀는 일만큼은 철두철미했으니 와달라는 부탁을 거절할 가능성이 컸다.

그럼에도 기다린다.

그녀를 생각하며 1시간 동안 기다리다 돌아갈 생각이었다.

이것은 어쩌면 비장하게 굳어진 자신의 결심을 확인시키기 위한 의식일 수도 있었다.

이긴다. 반드시 이긴다.

후지산에 들어가면 타카타의 말대로 지옥을 수십 번이나 넘나들어야 하는 훈련이 그를 기다리고 있을 것이다.

그럼에도 견뎌낼 자신이 있었다.

강태산에게 당했던 패배는 자신의 인생에서 가장 고통스러운 아픔이었다.

더군다나 조국은 한국과 팽팽한 긴장 상태에 돌입하고 있는 상태였기에 일본 팬들이 그에게 거는 기대는 상상을 초월

할 정도였다.

지금도 일본의 언론과 SNS에서는 일본의 명예를 걸고 강태산을 이겨달라는 주문이 쇄도하고 있는 중이었다.

사나이로서, 한명의 격투기 선수로서, 조국의 명예를 짊어진 전사로서, 약속한 것처럼 목숨을 걸어볼 생각이었다.

시간은 더디게 흘러갔다.

방으로 들어왔기 때문에 요시다는 호젓하게 그녀를 기다릴 수 있었다.

아마 노출된 장소였다면 수많은 팬들이 사인을 해달라며 그를 귀찮게 만들었을 것이다.

그는 강태산과 치렀던 시합을 되새겼다.

놈은 영악하게 자신을 철저히 분석하고 경기에 나섰던 것이 분명했다.

그것도 모르고 접근전을 펼쳤으니 옥타곤에서 정신을 잃었던 것은 어쩌면 당연한 일인지도 모른다.

불꽃처럼 대단한 인파이팅.

강태산의 폭발력은 자신과의 경기 이후 보여주었던 휴 잭맨, 맥도웰과의 경기에서 여실히 증명되었다.

물론 그 전에도 그놈은 그랬다.

강태산을 평가절하했던 자신과 코치진의 비웃음이 그런 폭발력을 무시했을 뿐이다.

그러나 지금은 다르다.

놈의 장단점을 철저하게 분석했고 놈에게 진 이후 지금까지 일 년이란 시간 동안 단 하루도 마음 놓고 잠을 잔 적이 없었다.

엄청난 훈련량을 소화하면서 복수를 꿈꿔왔다.

그리고 이제는 후지산으로 들어간다.

코치진들이 놈의 장단점을 분석해서 작성한 파훼법은 자신이 봐도 완벽할 정도로 치밀했다.

물론 그 파훼법을 익히기 위해서는 엄청난 고통이 따를 것이다.

그럼에도 자신이 있었다.

목숨을 건 이상 무엇이 두려울 것인가.

요시다가 상념에 잠겨 있는 동안 시간은 끊임없이 흘러 어느새 8시가 다가왔다.

시계를 확인하고 천천히 자리에서 일어났다.

오히려 그녀가 오지 않은 것이 잘된 일인지도 모른다.

모든 것을 끊고 떠날 수 있다면 훨씬 더 편안하게 지옥으로 들어설 수 있을 테니까.

그런 마음으로 일어섰다.

그러고는 방문을 향해 걸어갔다.

그가 걸어가던 방문이 벌컥 열리며 미호의 아름다운 얼굴이 나타난 것은 방문에 도착했을 때였다.

"헉, 헉!"

그녀의 숨소리가 가쁘게 오르내리고 있었다.

미호는 그를 보기 위해 이곳까지 뛰어온 모양이었다.

＊　　　＊　　　＊

강태산이 만덕체육관에 나타나자 대기하고 있던 기자들이 벌 떼처럼 몰려들었다.

거의 백여 명에 달하는 기자들은 체육관 곳곳에서 포진하고 있었는데 마치 불꽃을 향해 달려드는 불나방처럼 보일 지경이었다.

강태산은 예전과 다르게 기자들을 피하지 않았다.

아니, 오히려 미리 마중 나와 있었던 김 관장과 관원들에게 부탁해 기자회견을 할 수 있도록 장소까지 마련해 놓은 상태였다.

강태산이 질문을 받을 수 있도록 만들어놓은 단상으로 올라가자 기자들이 한꺼번에 입을 열었다.

질문 순서를 정해놓지 않고 갑작스럽게 열린 인터뷰였기 때문에 기자들은 저마다의 욕심으로 마구 소리를 질러대며 질문을 퍼부었다.

너무 많은 사람들이 한꺼번에 입을 열었으니 무슨 소린지 알아들을 수 없었다.

개중에는 비명 같은 목소리가 섞여 있었으나 강태산은 미동조차 하지 않았다.

기자들의 무차별적인 질문이 잠잠해지기 시작한 것은 강태산이 미소를 지은 채 아무런 말도 꺼내지 않았기 때문이었다.

침묵.

소란을 가라앉히는 방법으로 침묵처럼 좋은 건 없다.

강태산의 입이 천천히 열린 것은 모든 기자들이 자신을 향해 입을 닫은 채 시선을 고정시켰을 때였다.

"여러분, 저는 이제 시합에 집중하기 위해 훈련에 돌입할 것입니다. 그 전에 여러분이 가지고 있는 궁금증을 풀어드리고자 이 자리에 섰습니다. 왜냐하면 여러분들을 통해 국민들께 제 근황을 알려주고 싶었기 때문입니다. 저는 정확하게 열 가지 질문에 대해서 대답을 해드리겠습니다. 아마, 그 정도면 이번 시합에 대한 궁금증을 풀 수 있을 것입니다. 질문은⋯ 제가 지목한 분만 해주시기 바랍니다."

강태산은 말을 끝낸 후 맨 앞에 있는 안경 쓴 기자를 가리켰다.

그러자 기자는 놀란 눈을 잠시 만들었다가 지체 없이 질문을 시작했다.

"스포츠한국의 정영국 기잡니다. 먼저, 강태산 선수가 직접 요시다를 지명한 것으로 알고 있습니다. 여러 상대가 있었을 텐데 요시다를 지명한 이유를 알고 싶습니다."

민감한 질문이다.

그리고 질문을 한 이유가 너무나 뻔했다.

그러나 강태산은 전혀 당황한 모습을 보이지 않았다.

"요시다가 이전 경기에 대해서 진심으로 승복하지 않고 있다는 말을 들었습니다. 그는 저와 다시 붙으면 이길 수 있다고 큰소리를 쳤다고 하더군요. 그래서 그를 선택한 것입니다."

"단지 그 이유뿐입니까?"

"그렇습니다."

강태산의 단호한 대답에 기자들 사이에서 웅성거림이 생겨 났다.

기다렸던 대답이 아니었기 때문일 것이다.

기자들은 모두 여우라고 하더니 이 순간 그 말이 새삼스럽게 실감되었다.

가슴속에 품어놓은 비수는 함부로 꺼내는 것이 아니라는 걸 누구보다 잘 알면서도 기자들은 강태산에게서 그들이 원하는 대답이 나오기를 원하고 있었다.

강태산의 표정은 변함이 없었다.

그의 손가락은 기자들의 웅성거림을 무시하고 조금의 망설임도 없이 다른 기자를 지목하고 있었다.

질문의 내용들은 전부 예상하고 있던 것들이었다.

파이트머니서부터 요시다와의 결전에 임하는 각오, 그리고 심지어 대한자동차의 CF 광고를 찍고 난 후 모델료를 불우한 사람들에게 전액을 기부했는지에 대한 사실까지 집요하게 물고 늘어졌다.

강태산은 기자들의 질문에 간단하고 명료하게 대답을 해나갔다.

미리 예상하고 있던 질문들이었기 때문에 막힐 이유가 없었다.

마지막 질문 역시 예상하고 있던 것이었다.

"강태산 선수, 승리를 염원하고 있는 국민들께 한 말씀 부탁드립니다."

질문을 받은 강태산의 표정이 그때서야 변했다.

기자회견을 하면서 짓고 있었던 미소는 어느새 사라졌고 카메라를 향해 선 그의 얼굴에는 강렬한 투지가 담겨 있었다.

"저는 챔피언이 되기까지 성원해 주신 국민 여러분께 최선을 다할 것이란 약속을 드립니다. 지켜봐 주십시오. 대한민국의 사나이는 어떠한 적이 온다 해도 물러서지 않는다는 것을 다시 한 번 보여 드리겠습니다."

　　　　　＊　　　　＊　　　　＊

　후지산.

　시즈오카 현 북동부와 야마나시 현 남부에 걸쳐 있는 일본을 대표하는 산으로 높이는 3,776m에 달한다.

　수많은 관광객들이 매년 몰려왔고 등산객들의 발길도 끊이지 않는 곳에 요시다를 포함해서 타카타도장의 정예 멤버들이 캠프를 차린 것은 벌써 두 달 반 전의 일이었다.

　요시다는 깎아지른 듯 서 있는 절벽을 맨손으로 오르며 호흡을 골랐다.

　구릿빛으로 변한 그의 전신에서는 땀이 흐르고 있었지만 요시다는 전혀 힘든 기색을 보이지 않고 꾸준히 정상을 향해 나아갔다.

　힐끗 아래를 보자 가마득하게 펼쳐져 있는 숲이 보였다.

　그가 오르는 암벽에서 정상까지는 거의 100m에 달했기에 떨어진다면 살아남기 힘들었지만 매일 새벽 똑같은 일을 한 번도 거르지 않았다.

　끝없는 훈련으로 일반인과는 비교하지 못할 만큼 강한 체력을 가진 그였음에도 절벽을 오른다는 것은 쉬운 일이 아니었다.

　위험하고 체력 훈련에 커다란 도움이 되지 않는 일인데도 절벽을 오르기 시작한 건 오로지 그의 아집에 가까운 고집 때문이었다.

집중.

지독할 정도로 강한 훈련을 하면서 시시때때로 생겨나는 잡념과 미오에 대한 그리움을 그는 생명을 걸어야 하는 절벽 타기로 견뎌냈다.

새벽에 떠오르는 태양이 너무나 아름다웠다.

정상에 올라 심호흡을 고르며 바라본 태양은 두 눈이 부실 정도로 뜨겁게 타오르고 있었다.

그러나 그는 태양을 피하지 않았다.

세계 최강의 사나이에게 도전하는 그의 투지는 강렬하게 타오르는 태양보다 더 뜨거웠다.

후지산에 오른 후 두 달 반 동안 그는 타카타도장의 정예 트레이너들이 짠 프로그램을 소화하며 지옥 훈련을 거듭했다.

세 가지의 필살기.

강태산을 베기 위해 준비된 세 가지의 필살기는 이제 그의 몸에 완벽하게 장착되어 시퍼렇게 벼려진 칼이 되어 있었다.

이긴다. 반드시 이긴다.

두려움은 극복한 지 오래였고 그에게는 강력한 필살기가 준비되어 있었으니 이제 남은 것은 오로지 강태산을 차디찬 링에 쓰러뜨리는 것뿐이었다.

　　　　*　　　　*　　　　*

　시합이 점점 가까워지면서 언론은 온통 강태산의 경기 소식으로 도배되다시피 했다.

　유엔 사법재판소에서 국제 영토 분쟁에 대한 규정을 바꾸기 위한 움직임이 흘러나왔고 일본 쪽에서 독도에 대한 영유권 주장을 계속하고 있었으나 챔피언전이 코앞으로 다가오자 언론과 대한민국 국민들의 관심은 강태산의 타이틀 방어전에 집중되었다.

　당연히 강태산의 일거수일투족은 모든 언론의 조명을 받아야 했다.

　그러나 강태산은 훈련을 시작할 때의 인터뷰를 끝으로 모든 언론과의 접촉을 피했기 때문에 어떤 언론도 강태산의 최근 상황을 파악하지 못했다.

　그것은 최유진도 마찬가지였다.

　국장으로부터 특명을 받고 어쩔 수 없이 체육관을 찾았지만 만덕체육관은 외부인의 출입을 완벽하게 통제한 채 기자들을 들여보내지 않았다.

　그동안 수많은 기자들이 강태산을 만나기 위해 체육관에 포진하고 있었으나 강태산의 모습을 찍은 사람은 하나도 없었다.

체육관 밖으로 한 번도 모습을 드러내지 않는 걸 보면 강태산은 트레이너진과 합숙을 하고 있는 게 분명했다.

다른 기자들은 공식 행사에 나올 때를 기약하며 하나둘씩 발길을 돌렸으나 최유진은 그렇게 하지 못했다.

시합을 주관하는 방송사였고 모든 취재를 일임받았기 때문에 그녀는 열리지 않는 체육관 문을 바라보며 하염없이 기다림을 계속해야 했다.

오늘도 최유진은 해가 떨어질 때까지 체육관 앞에 있다가 걸음을 돌렸다.

이미, 카메라맨은 오래전부터 따라 나오지 않았다.

기약 없는 기다림을 하는 것은 그녀 혼자로서 족했기에 그녀는 불평을 터뜨리는 카메라맨을 한 달 전부터는 대동하지 않았다.

석양이 하늘을 가득 채우고 있었다.

아름답다.

서쪽 하늘을 발갛게 물들인 석양은 온갖 그림을 그려놓은 채 공간마다 붉은빛을 채워놓고 있었다.

이제는 돌아가는 발걸음이 익숙했다.

그러나 집으로 돌아가는 걸음은 결코 가볍지 않았다.

국장은 매일같이 그녀에게 강태산의 소식을 물어왔기에 고장 난 레코드처럼 만나지 못했다는 말을 반복해야 했다.

날이 어둑해지자 주변에는 몇 있던 사람들마저 모습을 감춘 지 오래되어 체육관 길에는 오직 그녀만이 남아 있을 뿐이었다.

"최유진 씨!"

어두운 골목길을 뚫고 굵직한 음성이 날아온 것은 전봇대가 있는 곳까지 걸어갔을 때였다.

저절로 걸음이 멈추었다.

그리고 빠르게 목소리가 들려온 곳을 향해 몸을 돌렸다.

꿈결처럼 들려온 목소리.

그 목소리는 분명 강태산의 것이었다.

예전에 있었던 그 장면.

강태산을 필두로 골목길을 걸어오는 김 관장과 김만덕의 모습을 보자 자신도 모르게 눈물이 왈칵 솟아올랐다.

이 사람들.

외국으로 출정을 할 때는 언제나 봤던 얼굴들이었고 자신이 직접 스케줄 관리까지 했었다.

그런 사람들을 이렇게 보기 어렵게 될 줄이야.

강태산은 천천히 다가와 그녀의 앞에 선 후 빙그레 웃음을 지었다.

"지금 갑니까?"

"…예."

"날 보러 온 것 맞죠?"

"맞아요."

"그럼 갑시다."

"어딜요?"

"밥 사세요. 인터뷰해 줄 테니까."

"정말… 이세요?"

최유진이 놀란 눈으로 되묻자 강태산의 시선이 김 관장에게로 돌아갔다.

그는 항상 있었던 일을 하는 것처럼 자연스웠다.

"관장님, 오늘은 오랜만에 목구멍 좀 베낍시다. 맨날 대충 먹다 보니까 위에서 난리가 났어요. 만덕아, 어떠냐?"

"난 삼겹살 좋아."

"인마, 차라리 백숙을 먹자. 경기 앞둔 놈이 무슨 삼겹살이야!"

"괜찮아요. 그리고 그동안 관장님도 고생하셨으니까 술 한 잔하세요."

"술은 무슨……. 정 그렇다면 그냥 삼겹살이나 먹어."

일행이 몰려간 곳은 늘 가던 아줌마식당이었다.

아줌마는 김 관장을 보더니 오랜만에 왔다며 잔소리를 해댔고 일행은 그 모습에 유쾌한 웃음을 흘려냈다.

지글거리며 고기가 익기 시작했다.

마시지 않겠다고 고집을 부리는 김 관장에게 강태산이 술을 따라준 것은 당연한 일이었다.

말은 그렇게 했지만 김 관장에게 있어 술 없는 삼겹살이란 고문을 받는 것과 같은 것이었다.

강태산의 시선이 최유진을 향한 것은 김 관장이 두꺼비처럼 술을 연달아 두 잔이나 마신 후였다.

"힘들었죠?"

"네."

"다른 사람들처럼 가지 그랬습니까. 시합이 잡힌 선수는 언론에 노출되는 걸 극도로 싫어하잖아요."

"국장님이 매일 잔소리를 해서 어쩔 수 없었어요."

"인터뷰는 먹으면서 합시다. 물어보세요. 가급적 예쁘고 상냥하게 대답해 주죠."

"카메라맨을 대동하지 못했어요. 그래서 핸드폰으로라도 찍고 싶은데 괜찮겠어요?"

"그러세요. 대신, 유진 씨도 먹으면서 해야 해요. 알았죠?"

"그럴게요."

주섬거리며 핸드폰을 꺼내던 최유진의 얼굴에서 가벼운 미소가 흘러나왔다.

그녀를 생각해 주는 작은 배려에 가슴이 따뜻해져 왔다.

하지만 그녀는 고기를 먹지 않고 동영상 플레이를 누른 후 첫 질문을 시작했다.

마음이 급한 사람은 먹는 게 눈으로 들어오지 않는 법이다.

"강태산 선수, 지금까지 훈련을 위해 합숙을 하신 건가요?"

"그렇습니다."

"만덕체육관에서요?"

"만덕체육관은 훈련하기에 부족함이 없는 훌륭한 시설을 구비하고 있습니다. 저는 3개월 동안 만덕체육관의 최첨단 시설을 이용해서 훈련을 했습니다."

강태산의 뻔뻔한 소리에 김만덕이 슬그머니 엄지손가락을 치켜 올렸다.

알아서 체육관 광고를 해주는 강태산이 기특했던 모양이었다.

그 모습을 본 최유진이 잠깐 어이없다는 표정을 지었으나 질문을 멈추지 않았다.

"혹시 요시다 선수의 근황에 대해서 알고 계신 것 있나요?"

"모릅니다. 나는 상대 선수가 어떻게 훈련하는지, 어떤 상태에 있는지에 관심을 두지 않습니다."

"저희 방송사에서 입수한 정보에 의하면 요시다 선수는 후지산에 들어가 지옥 훈련을 했다고 합니다. 여기에 대해서는 어떻게 생각하세요?"

"여름이니까 시원은 했겠습니다. 훈련을 어디서 했다는 건 중요한 게 아닌 것 같습니다."

"그 훈련 캠프에는 일본 최대인 타카타도장의 명트레이너들이 모두 참석했어요. 그들은 강태산 선수의 장단점을 면밀히 분석해서 훈련 일정을 짰다고 합니다. 그건 강태산 선수를 무너뜨릴 수 있는 비장의 무기가 준비되었다는 걸 의미하지 않겠어요?"

"그럴 수도 있겠군요."

"혹시 강태산 선수 쪽도 요시다가 준비했을 무기에 대해서 생각한 게 있나요?"

"없습니다."

"그렇다면 이번 경기도 똑같은 전술을 쓸 생각이신가요?"

"선수는 자신만의 특성이 있습니다. 끊임없는 인파이팅, 그것은 이 강태산이 격투기를 하는 한 언제나 변하지 않을 것입니다."

"이제 시합이 불과 일주일밖에 남지 않았잖아요. 국민들은 강태산 선수가 요시다를 꺾어주기를 간절히 바라고 있는데 지금까지 어떤 훈련을 하셨는지 말씀해 주실 수 있나요?"

"훈련 내용을 말하기는 어렵습니다. 하지만, 한 가지는 약속드리죠. 자신이 진 것에 대해서 인정하지 않는 자는 절대 진정한 강자가 될 수 없습니다. 저는 그런 자에게 지지 않습니다. 그런 자들은 수백 번을 도전해 와도 마찬가지의 결과만 있을 뿐입니다. 남의 것을 탐내기 위해서는 자신의 모습을 먼저 되돌아봐야 합니다. 그것이 단순한 탐욕에 의한 것이라면 그 욕심으로 인해 철저히 망가질 수 있다는 걸 국민 여러분께 똑똑히 보여 드리겠습니다."

*　　　*　　　*

김윤석은 동생인 김환석과 동네 맥줏집에서 술을 마시고 있었다.

그들 형제는 시도 때도 없이 만나서 술을 마시기 때문에 마누라들은 이제 둘이 같이 있다면 잔소리도 하지 않는다.

술을 마셔도 주사가 전혀 없다. 더군다나 적당히 마시다가 들어오기 때문에 특별한 경우가 아니라면 마누라들은 아예 전화조차 하지 않았다.

형제들의 대화는 언제나 즐거웠다.

어릴 적부터 부모를 일찍 여의고 둘이 의지하며 살아왔으니 삶의 방식이 비슷했기 때문인지 생각하는 것도 판박이처럼 흡사했다.

맥주와 치킨은 세트다.

그리고 그들 앞에 놓인 맥주와 치킨은 아직도 반이나 남아 있었다.

오늘 그들의 주제는 당연히 강태산에 관한 것이었고 거기에 양념으로 들어간 것이 일본의 독도 영유권 주장이었다.

"유엔에 일본 놈들의 영향력이 그렇게 커?"

"크지. 그런데 뉴스를 보니까 중국 놈들하고 미국 놈들이 한편이 돼서 그런다잖아. 유엔은 전부 그놈들이 장악하고 있다는구먼."

"형이 봤을 때 일본 놈들이 자꾸 독도를 달라는 이유가 뭔 것 같아?"

"밑져도 본전이니까 지랄하는 거지. 지금까지 나라마다 바다를 나눠서 고기를 잡는데 그 뭐라더라……. 그래 독도를 집어삼키면 어업 구역이 엄청 넓어진다더라."

"하이고, 미친 새끼들이네."

"그런데 웃긴 건 일본 놈들이 하도 지랄해서 독도 근처의 바다를 일본 놈들하고 공유한다는 거야. 공동어업구역으로 정해져 있대."

"그게 뭔 개소리야. 독도는 우리나라 땅인데 왜 거기가 공동어업구역으로 정해져 있어?"

"우리 잘나신 옛날 정권이 그렇게 협약을 해줬단다."

"그 미친 새끼들이 누군데?"

"오래전 일이라 정확하게는 몰라. 중요한 건 그게 아니라 일본 놈들이 그걸로 만족하지 않고 계속 지랄을 한다는 거지. 놈들은 독도를 먹어서 공동어업구역으로 있는 걸 완전히 지네들 꺼로 만들고 싶어 하는 모양이다."

"그럼 유엔에서 그 뭐시냐. 사법재판손가 거기서 규정을 바꿔가지고 재판을 하면 뺏길 수도 있다는 거야?"

"정부에서 EU 쪽하고 동아시아 국가들하고 손잡고 반대서명운동을 하고 있는데 그놈들이 집요하게 물고 늘어지는가 봐."

"허어, 씨발 미치겠네. 정말 그런 일이 벌어지면 어떡하냐?"

"쉽지는 않을 거다. 뉴스에서 보니까 압박용으로 쓰고 있다고 하잖아. 그게 만약 통과하면 중국과 일본뿐만 아니라 영토 분쟁이 벌어지고 있는 모든 나라가 갑갑해진대. 자칫 잘못하면 3차 대전도 벌어질 수 있다고 하더라."

"왜?"

"실질적으로 영토를 점유하고 있는 국가가 유엔이 재판해서 넘기란다고 넘기겠냐. 한마디로 좆까는 소리 하지 말라고 버티겠지. 그럼, 어쩌겠냐. 나라끼리 한바탕해야 되지 않겠어?"

"듣고 보니까 쉬운 일은 아니네. 그런데 중국하고 미국 놈들은 왜 일본 편을 드는 거야?"

"우리가 북한하고 화해 무드를 조성하는 게 배 아파서 그런

단다. 우리 경제력하고 북한의 핵무장이 결합되면 강력한 국가로 재탄생하게 되거든."

"그러니까 다시 말해서 우리나라가 그렇게 되면 지들 말을 듣지 않을 테니까 그 지랄 한다는 거지?"

"맞아."

"이런 좆같은 놈들."

김환석이 맥주잔을 들더니 벌컥벌컥 마셨다.

그런 후 치킨을 집어 들고 우걱우걱 씹었다.

그는 김윤석이 조리 있게 말을 해주자 열이 받을 대로 받은 모양이었다.

그때 사람들의 웅성거리는 소리가 들렸다.

뭐라고 소리를 지르려던 김환석도 동생의 반응에 웃음을 짓던 김윤석의 얼굴도 사람들의 소란이 들리는 곳을 향해 돌아갔다.

맥줏집에는 중앙 정면에 작은 텔레비전이 있었는데 그곳에 강태산의 모습이 보였던 것이다.

"어, 어……. 소리 안 들리잖아!"

김환석이 벌떡 일어났지만 먼저 행동을 한 것은 가운데 자리에 있던 슈퍼 가게 윤 씨였다.

잽싸게 일어난 그가 텔레비전을 조작해서 소리를 키우자 강태산이 인터뷰하는 장면이 나왔다.

와자지껄했던 맥줏집이 순식간에 조용해졌다.

거의 3달 동안 텔레비전에서 모습을 감추었던 강태산은 건강한 모습으로 기자의 질문에 대답하고 있었던 것이다.

길지 않은 인터뷰였으나 강했다.

특히 강태산의 마지막 말은 더욱 그랬기에 인터뷰가 모두 끝나자 사람들의 목소리가 시장 바닥처럼 커졌다.

"형, 저놈 여전히 자신 있네. 그렇지 않냐?"

"역시 강태산이다."

"그런데, 형. 저놈 마지막에 한 말이 이상하지 않아?"

"나도 그 생각을 하고 있었어. 저놈 마지막 말은 일본을 겨냥한 것 같단 말이지."

*   *   *

강태산은 천천히 걸어 집으로 돌아갔다.

최유진에게 말한 것처럼 체육관에서 합숙 훈련을 하지는 않았다.

다만, 그들이 오고 가는 강태산을 알아보지 못했을 뿐이다.

문을 열고 들어서자 현수가 거실에 있다가 벌떡 일어나는 것이 보였다.

놈은 요새 대학의 낭만을 만끽하느라 정신이 없었다.

학과뿐만 아니라 동아리, 학교 동문회 등의 MT에 수시로 참석했고 새로 사귄 친구들과 몰려다니느라 일찍 들어오는 경우가 드물었다.

더군다나 요즘은 여자친구까지 사귀는 모양이었던지 나갈 때마다 치장에 열을 올렸다.

권 여사는 그런 현수를 향해 매번 잔소리를 했다.

대학에 들어갔으니 조금 더 성숙하게 살아야 한다는 것이 권 여사의 생각이었다.

그러나 강태산은 매번 그런 권 여사의 행동을 말리며 현수의 행동에 제약을 가하지 않았다.

오랜 시간 대학에 입학하기 위해 고생한 현수는 자유를 누릴 자격이 충분했다.

그리고 그 자유의 시간은 그리 길지 않을 것이다.

자신의 삶에 책임을 져야 한다는 현실이 그의 뇌를 자극하는 순간부터 현수는 또 다른 고난의 시간을 보내야 할 테니 말이다.

"형, 오늘은 늦었네. 그건 뭐야?"

"과일 좀 사 왔다. 자두가 아주 맛있게 보여서."

"밥은?"

"먹고 왔어. 이모는 어디 계셔?"

"방에. 감기가 걸렸는지 으슬으슬 떨린다면서 들어가셨어."

"누나들은?"

강태산의 질문에 현수는 대답을 하지 못했다.

대답을 하기 전 문이 열리며 은정과 은영이 나타났기 때문이었다.

"오빠, 요새는 칼같이 들어오네."

"요즘 비수기잖아. 그래서 그런가, 조금 한가해."

"일본하고 중국 관광객들이 엄청 줄었다면서?"

"그건 우리나라 사람들도 마찬가지야. 사람들이 중국하고 일본은 가려 하지 않아. 이래저래 여행사가 죽을 맛이다. 뭐, 그래도 좋아. 이럴 때 쉬어야지 언제 쉬겠어."

은정의 말에 강태산이 빙긋 웃으며 들고 있던 검은 봉지를 건네주었다.

그러자 은정이 자두를 하나 꺼내 들더니 탄성을 터뜨렸다.

"어머, 정말 잘 익었다. 맛있겠는걸?"

"자두가 여자들 피부 미용에 좋다고 하더라. 많이 먹어."

"별걸 다 아서. 기다려, 내가 씻어 올게."

"응."

대답을 하고 강태산이 거실에 앉으려 하자 이번에는 은영이 나섰다.

그녀는 팔짱을 끼고 있다가 강태산을 의심스러운 눈으로 살피며 은근하게 입을 열었다.

"데이트했냐?"

"무슨 데이트?"

"오빠 몸에서 냄새가 난다."

"고기 냄새겠지. 삼겹살 먹었는데 무슨 데이트!"

"이상하네. 내 코가 이상한가. 왜 여자 화장품 냄새가 나지?"

은영이 강태산의 몸으로 다가와 코를 킁킁댔다.

정말 귀신이다.

최유진은 인터뷰가 끝나고 자료 화면을 본사로 송부한 후부터 본격적으로 술을 마시기 시작했는데 그동안의 마음고생이 컸던지 김 관장과 주거니 받거니 하면서 과음을 했다.

술에 취한 최유진의 모습은 처음 봤다.

그녀는 몸을 제대로 가누지 못했고 뭔가를 계속 이야기했는데 무슨 소린지 알아들을 수 없었다.

그녀를 부축해서 택시에 태워 보낼 수밖에 없었던 건 김만덕이 김 관장을 총알같이 모시고 튀었기 때문이었다.

아마 은영이 킁킁거리며 맡은 냄새는 그녀의 몸을 부축하면서 전해진 화장품 냄새일 것이다.

"이건 확실하게 여자 냄새야. 누굴 속이려고 그래!"

"어이구."

"자꾸 오리발 내밀면 죽는다."

"인마, 내가 여자가 어디 있어. 혼자 독수공방하느라 죽을 맛이구만."

"언니야, 나와봐라. 오빠한테서 여자 냄새가 나는데 아니라고 우겨!"

일이 점점 커진다.

부엌에서 과일을 씻던 은정이 우당탕 튀어 나온 것은 은영의 말이 끝나자마자였다.

"그게 무슨 소리니?"

"언니가 맡아봐라. 여자 냄샌지 아닌지."

은영은 강태산이 도망을 가지 못하게 꼭 붙잡고 은정이 수색을 원활하게 하도록 도왔다.

강태산은 몸부림을 치다가 포기했다.

어느새 다가온 은정이 스윽 냄새를 맡은 후 도끼눈을 부릅떴기 때문이었다.

"누구냐?"

"누구라니?"

"어떤 여자냐고!"

"우와, 미치겠네. 여자는 무슨 여자가 있다고 그래. 오늘 지하철 타고 왔거든. 그런데 옆에 있던 여자가 향수를 엄청 뿌렸던지 지독했어. 아무래도 그 냄새가 옮긴 모양이다."

"진짜야?"

"내가 왜 거짓말을 하겠냐. 난 진실만 말하는 사람이다."

"쯧쯧쯧… 하긴 어련하겠어."

혀를 찬 은정이 하던 일을 마저 끝내겠다는 듯 부엌으로 돌아갔다.

하지만 은영은 여전히 의심의 눈초리를 버리지 않았다.

"솔직하게 불지그래. 이 냄새는 샤넬 넘버5인 것 같거든. 웬만한 여자들이 하는 게 아니란 말이지."

"샤넬 뭐라고……? 넌 그걸 어떻게 알아?"

"내 남자친구가 선물해 줬으니까 알지. 오빠 여자 사귀는 거냐?"

"안 사귄다. 사귀고 싶기는 한데 여자들이 내가 싫단다."

"왜?"

"매력 없대. 가진 것도 별로 없어서 그런지 우리 회사 여직원들은 전혀 나한테 관심이 없어."

"전부 눈깔이 삔 여자들이네. 오빠 같이 매력 있는 남자를 몰라보다니."

"얼씨구, 웬일이래. 네가 오빠 편을 다 들어주고."

"불쌍해서 그런다."

심문을 마친 은영이 다가왔던 몸을 슬며시 물렸다.

이제 의심을 풀겠다는 신호였다.

때맞춰 은정이 과일을 씻어서 가지고 나왔는데 먹기 좋게 자른 상태였다.

식구들이 모여서 과일을 먹는 동안 현수가 텔레비전 채널을 이리저리 돌리더니 TCN에서 손이 멈췄다.

"우와, 강태산이다!"

현수에게서 고함이 터져 나왔다.

화면에 잡힌 강태산의 모습을 보자마자 현수는 몸을 잔뜩 웅크린 채 시선을 돌리지 못했다.

그건 은정도 마찬가지였다.

그녀 역시 강태산에 대해서라면 이젠 현수 못지않게 관심을 가지고 있었다.

어제만 해도 상무가 직접 그녀를 자신의 방에 불러 강태산의 섭외에 대해 이야기했는데 거의 고문 수준이었다.

정말 어이없는 일이다.

강태산이 자신을 콕 집어서 광고 계약을 전담시켰기 때문에 회사에서는 그녀가 강태산과는 특별한 관계에 있다고 굳게 믿었다.

자동차 광고가 끝난 후 강태산이 차기 광고 계약을 하지 않자 회사는 잔뜩 몸이 달아오른 상태였다.

그랬기에 회사의 고위층들은 수시로 그녀를 불러 강태산과 접촉을 해달라고 성화를 부렸다.

아무리 아니라고 변명을 했어도 그들은 믿지 않았다.

입사한 지 얼마 안 되는 그녀에게 특별 승진과 보너스를 운운하면서 압박을 해왔기 때문에 은정은 번민의 나날을 보내고 있는 중이었다.

강태산의 인터뷰가 진행되는 동안 현수는 연신 떠들어대면서 자신의 의구심을 숨기지 못했다.

"요시다는 비장의 무기를 준비한다는데 저 형은 어쩌려고 저러는 거지? 와아, 미치겠네."

"자신 있는 모양이지."

"시합이 자신감만 가지고 되는 건 아니잖아. 누가 더 철저히 준비했느냐에 따라 승패가 갈라지는 거 아냐?"

"그건 그렇지."

강태산이 맞장구를 쳐주자 현수의 목소리가 더욱 올라갔다.

"이번에는 절대 지면 안 된단 말이야. 형도 봤잖아, 일본 놈들이 우리나라를 개무시하는 거 말이야. 무조건 이겨야 되는데 저렇게 준비가 부족해서 어떡해!"

"그냥 하는 말이겠지. 타이틀전을 벌이면서 그냥 올라가는 놈이 누가 있겠냐. 걱정하지 마라, 현수야. 내가 봤을 때 이번 경기는 저놈이 이긴다."

*　　　　*　　　　*

요시다는 덥수룩하게 기른 수염을 깎지 않고 후지산을 내려왔다.

사람의 왕래가 없는 곳을 골라 훈련 캠프를 차렸었기 때문에 거의 3달 동안 문명과는 완전히 차단된 생활을 했다.

도장에서는 먹는 것을 조달하기 위해 사람들이 왔을 뿐 모든 훈련 일정은 캠프의 책임자인 아오키가 관장했는데 그는 지옥의 사자보다 훨씬 더 혹독하게 요시다를 괴롭혔다.

산을 내려오자 수많은 기자들이 진을 치고 있는 것이 보였다.

요시다의 모습이 드러나자 카메라가 정신없이 터지기 시작했다.

인본의 언론 역시 강태산과의 타이틀전에 온 관심을 집중시키고 있는 중이었다.

요시다는 기자들이 사진을 찍을 수 있도록 자연스럽게 포즈를 취해주었다.

그 뒤로 3달간 요시다를 관리했던 트레이너들이 벽처럼 길게 늘어섰는데 그들 역시 수염을 깎지 않았기 때문에 금방 무인도에서 나온 사람들처럼 보였다.

기자들의 질문이 시작된 것은 카메라의 플래시가 줄어들 때였다.

"요시다 선수, 훈련 성과는 어떻습니까?"

"좋습니다."

"정보에 따르면 강태산을 잡기 위한 비책을 마련했다고 들었습니다. 그 말이 맞습니까?"

"그렇습니다. 저는 강태산을 때려잡기 위한 비장의 무기를 준비해 놓았습니다."

"혹시 그게 무엇인지 알려주실 수 있을까요?"

"그건 시합에서 직접 보여 드리겠습니다."

"어제 한국에서는 강태산의 인터뷰가 있었습니다. 강태산은 요시다 선수가 어떤 전략을 세워 온다 해도 자신 있다는 말을 했습니다. 거기에 대해서는 어떻게 생각하십니까?"

"한국인들은 큰소리부터 치는 못된 습성을 가지고 있습니다. 나에 대해서 아무것도 준비하지 못했다면 분명 그자는 옥타곤을 기어 다니게 될 것입니다."

"3달 동안 특훈을 한 걸로 알고 있는데 힘들지 않았습니까?"

"힘들었습니다. 죽고 싶다는 마음이 들 정도로 엄청난 훈련을 소화했습니다. 그러나 한 번도 포기하겠다는 마음을 가지지 않았습니다. 저는 오직 강태산을 이기기 위해 하루를 천년처럼 보냈습니다. 이번 시합은 저뿐만 아니라 대일본의 명예가 달려 있다고 생각했기에 목숨을 걸겠다는 맹세를 했습니다."

"이길 수 있겠습니까?"

"반드시 이깁니다. 반드시 이겨서 내 나라 땅 다케시마를 강점하고 있는 한국에 강태산의 처참한 모습을 보여주겠습니다."

요시다의 비장한 음성이 흘러나오자 시끄러웠던 기자들이 순식간에 조용해졌다.

요시다가 던지고 있는 말은 그가 단순히 격투기 선수가 아니라 일본의 명예를 짊어지고 전장에 나서는 전사로서의 다짐이었기 때문이었다.

잠깐의 침묵이 끝나고 우레와 같은 박수 소리가 터져 나왔다.

기자들의 박수 소리에는 반드시 조센징을 꺼꾸러뜨려 달라는 함성이 마구 뒤섞여 있었다.

*　　　　*　　　　*

아무도 없는 빈 공간.

산에서 내려온 요시다는 기자들과의 인터뷰를 끝내고 곧장 도장으로 왔다.

트레이너들은 저녁을 먹은 후 모두 집으로 돌아갔기 때문에 도장에는 오직 그만이 남아 있을 뿐이었다.

미호를 보고 싶다는 마음은 그의 투지에 묻혀 밖으로 새어 나오지 못했다.

간절히 사랑했으나 지금은 미호를 만날 때가 아니었다.

윗옷을 벗은 후 옥타곤으로 올라갔다.

오직 옥타곤을 밝히는 불빛, 그리고 고요.

가만히 옥타곤의 중앙으로 다가가 눈을 감았다가 천천히 떴다.

숙여진 그의 시선에서 차가운 옥타곤의 캔버스가 눈으로 들어왔다.

슈퍼맨 펀치.

강태산이 비틀거리는 그에게 준 마지막 선물은 슈퍼맨 펀치였다.

알면서도 피하지 못했다.

누적된 대미지로 인해 몸이 말을 듣지 않았고 처음부터 욕심으로 인해 오버페이스를 했기 때문에 체력도 많이 떨어진 상태였다.

어쩌면 그 결과는 당연한 것인지도 모른다.

자신들은 갑작스럽게 잡힌 경기라 놈에 대해 철저한 분석조차 못 한 채 옥타곤에 올랐고 여자를 좋아해서 훈련을 게을리했기 때문에 몸 상태도 최상이 아니었다.

그 당시는 두 명의 여자를 동시에 사귀면서 수시로 데이트를 할 만큼 정신이 해이해진 상태였다.

주먹을 들어 올렸다.

그런 후 빈 허공에 강태산의 모습을 그려 넣었다.

그가 움직이자 강태산도 따라서 움직이기 시작했다.

움직이는 강태산의 허상을 향해 요시다의 주먹이 터져 나갔다.

처음에는 빠르지 않았으나 시간이 지날수록 그의 주먹은 번개가 무색할 만치 무서운 속도로 움직였다.

허상은 그의 주먹에 맞은 후 위치를 바꾸며 다시 나타났다가 사라져 갔다.

어느 각도 어느 위치에 있든 요시다의 주먹은 불을 뿜었다.

쐐액… 쐐액, 팡… 팡!

그의 주먹이 공간을 가르며 뻗어나가 파공음을 만들어냈다.

정확한 임팩트.

목표 지점을 정확하게 가격한 후 빠져나오는 그의 주먹은 마치 창처럼 강력했고 화살처럼 빨랐다.

강태산의 허상이 무너질 때마다 그의 몸이 비틀렸다.

좌우로 흔들리는 신형.

허상의 공격에 반응하며 움직이는 그의 몸놀림은 전광석화를 보는 것처럼 빨랐고 유연했으며 우아했다.

상대가 없는 공간에서의 한바탕 아름다운 춤은 끝없이 지속되고 있었다.

　대단하다고밖에 볼 수 없는 체력.

　그는 가상의 공간 속에서 치열한 전투를 벌이고 있었다.

　반드시 꺾어야 할 상대가 공간 속에 있었고 그는 그 공간 속에서 무차별적으로 전진해 오는 강태산을 수도 없이 무너뜨렸다.

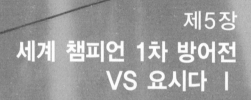

제5장
세계 챔피언 1차 방어전
VS 요시다 Ⅰ

시합이 삼 일 앞으로 다가오면서 UFC 측의 행보는 급하게 움직이기 시작했다.

공식 행사인 계체량이 이루어졌고 뒤이어 기자회견까지 열렸는데 전 세계의 언론이 전부 몰려들었기 때문에 인산인해를 이루었다.

UFC 측은 한 달 전부터 연일 강태산과 요시다의 대결에 대해서 전방위적인 홍보를 거듭하고 있었다.

인터넷 홈페이지에는 전면을 두 사람의 사진으로 채워놓았고 각종 방송사와 언론사에 보낸 홍보물은 온통 두 사람의 근황과 전적, 그리고 주 무기에 대한 분석들이 상세하게 적혀 있었다.

강태산의 하늘을 찌를 듯한 인기가 새삼스럽게 증명되는 순간이었다.

세계 각국의 언론은 시합이 코앞으로 다가오면서 몸살을 앓았다.

폭풍 같은 인파이팅을 펼치는 무적의 챔피언 강태산.

거기에 한일 양국이 독도를 놓고 벌이는 신경전이 가미되면서 세계 언론은 연일 UFC 470을 독도대전이라 부르며 초미의 관심을 보였다.

강태산은 공식 계체량 행사장에 들어서서 몸무게를 잰 후 먼저 와 있던 요시다를 향해 다가갔다.

놈의 몸에서 일어나고 있는 강한 기운.

확실히 예전과 달랐다.

그를 무시하던 눈빛과 미소는 완전히 사라졌고 차분하게 가라앉은 채 상대의 명줄을 노리는 살모사의 기운은 보는 것만으로 섬뜩함이 느껴졌다.

고개가 저절로 끄덕여졌다.

이런 눈빛을 가진 자들을 좋아한다.

무언가를 위해 자신의 목숨을 거는 자들.

목적을 이루고자 전력을 다한 노력으로 성취를 얻은 자들에게서 나타나는 자신감과 여유는 그에게 즐거움이 담긴 흥분을 주기 때문이다.

놈이 인터뷰한 내용을 들었다.

자신에게 당한 복수를 뒤로하고 요시다는 대일본의 명예를 위해 싸우겠다는 말을 남겼다.

인터뷰 내용을 보는 순간 피식 웃음이 흘러나왔다.

바보 같은 놈.

함부로 일본의 명예를 거론하다니 놈은 아직 세상 살아가는 법을 모른다.

지옥에서 살아보지 못했기에 한 행동이다.

대한민국의 모든 국민이 자신에게 바라는 염원을 알면서도 함부로 국가의 명예를 말하지 않은 것은 승리에 대한 자신이 없기 때문이 아니라 격투기 선수로서의 행동이 아니라고 생각했기 때문이었다.

조국에 대한 영광은 개인이 함부로 평가하거나 대행해서는 안 되는 일이다.

요시다는 머리에 일장기를 두르고 있었다.

아니, 그만 그런 게 아니었다.

그의 뒤에 병풍처럼 늘어서 있는 요시다의 트레이너들은 모두 요시다처럼 일장기를 머리에 둘렀다.

그들의 의지.

반드시 강태산을 꺾고 챔피언이 됨으로써 일본의 명예를 되찾겠다는 각오가 여과 없이 드러나는 모습들이었다.

강태산은 요시다의 손을 잡으며 밝은 웃음을 흘려냈다.

"좋아 보이는구나."

"이 순간을 오래 기다렸다. 강태산!"

강태산의 인사에 무표정한 얼굴로 요시다가 대답을 했다.

묵직하고도 쇳소리가 담긴 음성.

얼마나 강한 훈련을 했는지 강태산에게 내밀어진 그의 손은 걸레처럼 변해 있었다.

그 손을 본 강태산의 웃음이 더욱 진해졌다.

"멋진 손을 만들었군."

"이 손으로 너를 쓰러뜨릴 것이다. 반드시. 대일본 제국의 명예를 걸고!"

"크크크……. 조국의 명예는 함부로 거는 것이 아니다, 요시다. 하지만 그 투지만은 높이 쳐주마."

손을 놓은 강태산이 먼저 물러섰다.

그런 후 기자들의 요청에 따라 요시다와 함께 주먹을 치켜 올려 포즈를 취해주었다.

강태산이 기자회견장으로 들어서는 순간부터 수많은 기자들이 따라붙었다.

기자회견장에는 국내외 200여 개의 언론사들이 총출동해서 바글거렸는데 그들이 워낙 많은 질문을 했기 때문에 기자회견이 끝나기까지 1시간 가까이 걸렸다.

기자회견 내내 언론사는 양 선수에 대해 민감한 질문들을 계속해서 던졌다.

"요시다 선수, 후지산에서 특별 훈련을 했다는데 어떤 훈련을 하셨나요?"

"당연히 챔피언을 깰 수 있는 훈련을 했습니다."

"성과는 있었습니까?"

"그건 시합 당일 보시면 알 겁니다. 여러분은 챔피언이 차가운 캔버스에 누워 일어나지 못하는 장면을 확인하게 될 겁니다."

당당한 모습으로 대답하는 요시다는 언제라도 강태산을 쓰러뜨릴 수 있다는 자신감을 내보였다.

그런 요시다의 자신감에 기자들은 강태산을 향해 자극적인 질문을 퍼부었다.

"챔피언은 어떠십니까. 도전자가 강한 자신감을 보이고 있습니다. 이번 경기 어떻게 생각하십니까?"

"선수는 자신감이 없다면 옥타곤에 오를 수 없습니다. 저는 도전자의 자신감을 그렇게 해석하고 있습니다."

"그 말씀은 이번 경기를 충분히 잡을 수 있다는 것으로 해석해도 되겠습니까?"

"저는 챔피언입니다. 무적으로 군림했던 맥도웰을 KO로 때려잡으며 챔피언에 올랐고 도전자 역시 저에게 KO로 무너진 적이 있다는 걸 잊지 말아주십시오. 진정한 챔피언은 말로 자신감을 표현하지 않습니다."

정확한 대답은 아니었다.

그러나 강태산의 대답은 요시다의 인상을 우그러뜨릴 만큼 강렬한 것이었다.

기자들의 반응도 마찬가지였다.

부드럽게 대답하는 강태산의 표정에는 여유가 흐르고 있었기에 기자들은 오히려 요시다보다 더 강력한 메시지로 받아들였다.

"챔피언은 16전 16승 16KO라는 엄청난 전적을 가지고 있습니다. 이번 경기도 KO로 승부가 날 거라 생각하십니까?"

"그렇습니다. 저는 지금까지 시합을 하면서 판정으로 간다는 생각을 한 번도 해본 적이 없습니다. 대한민국의 사내는 부러질지언정 휘어지지 않습니다."

강태산이 대답을 마치자 기자들의 노트북이 정신없이 움직였다.

그들은 강태산의 입에서도 대한민국이란 단어가 나오자 지체 없이 양국 관계에 대한 질문을 퍼붓기 시작했다.

멍석이 펴진 이상 기자들은 하이에나와 다를 바 없었다.

큰 소리로 질문한 사람은 NECT 소속의 미국 기자였다.

"요시다 선수께 묻겠습니다. 지금 한창 한일 양국이 바다 중간에 위치하고 있는 섬의 소유권을 주장하며 대치하고 있습니다. 요시다 선수는 이 섬에 대해서 어떻게 생각하고 계십니까?"

"다케시마는 오래전부터 일본의 영토였습니다. 한국에서 강점하고 있는 것은 부도덕한 행위일 뿐입니다. 저는 한국이 빠른 시간 내에 다케시마를 반환해야 된다고 생각합니다."

요시다의 대답에 대한민국 기자들 사이에서 웅성거림이 생겨났다.

민감한 사안에 대해서 요시다가 조금의 망설임도 없이 대답했기 때문이었다.

피어오르는 분노.

대한민국 기자들 사이에서 흐른 것은 일장기를 머리에 두른 요시다를 향한 분노였다.

그러나 대한민국 기자들은 분노를 억누르고 외신 기자들의 계속되는 질문을 지켜보았다.

"강태산 선수는 같은 사안에 대해서 어떻게 생각하십니까?"

머리가 노랗고 눈이 파란 여기자의 질문에 강태산에게서 여유로움이 물러섰다.

대신 그의 얼굴에 들어선 것은 가소로움이었고 분노였다.

지금까지 기자들과 인터뷰를 하면서 정치적인 이야기를 꺼내지 않았다.

개인의 자격으로 국가의 일을 말하는 것은 도리가 아니었고 정부에 아무런 도움이 되지 않는다는 생각 때문이었다.

그러나 요시다의 말을 듣고 나자 가슴속에서 저절로 분노가 솟구쳐 올라왔다.

만약 지금 여기가 예전 그가 한 자루 칼을 들고 종횡했던 무림이었다면 요시다는 단숨에 피 분수를 뿌리며 황량한 대지의 먹이가 되었을 것이다.

강태산이 기자의 질문에 대답을 하지 않고 침묵을 지키자 시장판 같았던 회견장의 소란이 점점 가라앉았다.

집중을 시키기에는 침묵보다 더 좋은 방법이 없다는 것을 알기에 한 행동이다.

강태산의 입이 천천히 열린 것은 모든 기자들의 시선이 자신에게 몰렸을 때였다.

"기자 여러분들께서는 제 입에서 독도가 대한민국의 땅이라는 말이 나오기를 바라고 있을 겁니다. 그래야 더 흥미를 유발할 수 있을 테니까요. 하지만 제가 백날 그렇게 이야기한다고 일본이 독도를 포기하지는 않을 것 같군요. 요시다 선수는 일본의 명예를 위해 싸우겠다는 말을 했습니다. 그러나 저는 지금까지 격투기를 하면서 한 번도 대한민국의 명예를 위해 싸운 적이 없습니다. 저 스스로 최강의 사나이가 되고 싶다는 마음뿐이었습니다. 그런데 요시다 선수의 말을 듣고 보니 갑자기 한 가지 제안을 하고 싶어졌습니다. 양국이 독도를 가지고 한참 대치되고 있는 이때 저는 대한민국의 격투기 선수로서 일본 사람들에게 제의하겠습니다. 답도 없는 이야기로 시간 끌지 말고, 뒤통수치면서 어쩌려는 생각 대신! 깨끗하게 이 시합에서 이기는 나라가 독도를 가지는 건 어떻겠습니까?"

말도 안 되는 제안이다.

당연히 일본 정부는 받아들이지 않을 것이고 대한민국 정부도 허파가 뒤집힐 소리다.

그러나 기자들 사이에서는 난리가 났다.

대한민국이 만들어낸 무적의 챔피언 강태산.

그가 자신의 힘으로 독도에 대한 분쟁을 완전히 종식시켜 버리고 싶다는 심정을 나타내자 기자들은 회견장을 아수라장으로 만들어 버리며 엄청난 소란 속에 사로잡혀 버렸다.

기자회견이 끝나고 강태산이 회견장을 빠져나가자 기자들은 그를 미친 듯이 따라 움직였다.

움직이는 폭탄.

그래, 맞다.

기자들에게 강태산은 폭탄과 같은 화제를 뿜어내는 마술사나 다름없었다.

누가 그의 입에서 독도를 걸고 한판 승부를 펼치자는 말이 나올 줄 알았겠는가.

말도 안 되는 제안이었지만 강태산의 선언을 들은 대한민국 기자들이 벌 떼처럼 소리를 질렀다.

'씨발, 그러자. 이번 기회에 끝장을 보자고! 맨날 호박씨 까면서 지랄하지 말고 화끈하게 끝장내자!'

통쾌했을까?

아마도 통쾌함을 넘어 십 년 묵은 체증이 한꺼번에 내려가는 후련함을 맛본 것이 틀림없었다.

이기고 지는 것은 아무런 문제가 되지 않는다.

대한민국의 사내로서 이 좆같은 상황을 박살 내고 싶다는 울분이 고스란히 전해졌으니 기자들은 결과와 상관없이 거침없는 함성으로 강태산의 제안에 환호성을 보냈다.

먼저 기자회견장을 빠져나간 것은 요시다 일행이었다.

그들은 강태산이 자신들을 바라보며 당당하게 제안을 하자 똥 씹은 얼굴로 어이없다는 표정을 지었다.

당연히 대답하지 못했다.

강태산의 제안은 고도로 계산된 행동이었으니 요시다를 비롯한 트레이너진들은 한마디도 하지 못하고 시뻘게진 얼굴로

회견장을 빠져나갔다.

강태산이 걸을 때마다 기자들의 카메라 플래시는 쉴 새 없이 터졌다.

신비롭게 왔다가 신비롭게 사라지는 강태산으로 인해 기자들은 지금까지 엄청난 고초를 겪었기에 그들은 한 장이라도 더 강태산의 모습을 담기 위해 몸부림을 쳤다.

김만덕을 비롯해서 트레이너들의 호위를 받고 호텔을 빠져나가던 강태산의 걸음이 잠시 주춤거린 건 어정쩡한 모습으로 서 있는 은정을 발견했기 때문이었다.

그녀가 여긴 어쩐 일일까?

떠오르는 의문에 잠시 멈춰 서서 묻고 싶었지만 밀물처럼 밀려드는 기자들로 인해 강태산은 곧장 체육관 측에서 대기시켜 놓은 차에 오르고 말았다.

"만덕아, 저기 잠깐 서봐."

"왜?"

"오줌 마려워."

"아이 참. 아까 보고 나오지 그랬어!"

"인마, 기자들이 저렇게 따라오는데 오줌을 어떻게 싸. 저쪽에 대. 금방 다녀올 테니까."

"내일 신문에 형 오줌 싸는 장면 나오면 어쩌려고 그래?"

"기자들도 양심이 있지. 설마 오줌 싸는 것까지 찍겠냐. 걱정하지 말고 대기나 해."

"거, 일 복잡하게 만드시네."

김만덕이 입술 끝을 끌어 올리며 구시렁댔다.

그들의 차 주변에는 수많은 취재 차량이 앞서거니 뒤서거니 하면서 따라오고 있었기 때문에 차를 세운다면 도로가 마비될지도 몰랐다.

그럼에도 김만덕은 강태산의 성화에 못 이겨 차를 인도 가까이 붙였다.

인도 주변에는 빌딩들이 길게 늘어서 있어 화장실을 찾기는 어렵지 않을 것 같았다.

김만덕이 차를 대고 강태산이 내리자 그를 따르던 취재 차량들이 난리가 났다.

갑작스럽게 차선 변경을 하면서 거의 20여 대의 차가 인도 쪽으로 붙였기 때문에 경적 소리가 여기저기서 시끄럽게 울렸다.

강태산은 차에서 내리자마자 곧장 눈앞에 보이는 건물로 들어간 후 화장실로 사라졌다.

김만덕이 강태산에게 전화를 받은 것은 그로부터 5분도 지나지 않았을 때였다.

─만덕아, 갑자기 급한 볼일이 생겼다. 그냥 출발해라.

"어딜 가려고?"

—일이 생겼다고 했잖아.

"기자들이 벌 떼같이 따라가던데 괜찮은 거야?"

—걱정 마라. 다들 갔으니까.

"환장하겠네. 아버지가 방방 뜨신다. 시합이 낼모렌데 어딜 가냐고 역정을 내서!"

—내일 체육관으로 간다고 전해. 그럼 끊는다.

강태산은 전화기를 내려놓고 터벅터벅 걸어가는 은정의 뒤를 따라갔다.

그의 모습은 어느샌가 하숙생으로 돌아가 있었다.

"은정아."

"오빠!"

갑작스럽게 들려온 목소리에 뒤를 돌아본 은정의 얼굴에서 놀라움이 가득 찼다.

시름에 젖어 있던 그녀의 얼굴은 강태산을 보는 순간 언제 그랬냐는 듯 밝아지고 있었다.

"오빠가 여긴 어쩐 일이야?"

"바보, 오빠네 회사가 근처잖아. 그 질문은 내가 해야 돼. 넌 여기 무슨 일로 왔어?"

"난 강태산 선수 공식 인터뷰가 있다고 해서 왔지."

"걔, 만나려고?"

"응."

"광고 때문에?"

"말도 마. 위에서 난리가 아냐."

"강태산을 광고 모델로 다시 섭외하라는 거구나."

"맞아."

"걘 며칠 후에 시합하는데 그게 되겠어? 힘들 텐데?"

"그러니까 미치겠지. 어떡하든 미리 만나보래. 내가 저번에도 그 사람을 섭외했으니까 이번에도 그러라는 거지."

"그것참. 곤란한 일이군. 그놈이 너한테만 광고를 찍으라는 법이 어디 있냐. 회사에서 너무한 거 아니니?"

"그게 다 그 사람이 저번에 광고 찍을 때 이상한 짓을 해서 그래."

"어떤?"

"모든 상의를 나하고만 한다고 해서 회사에서는 나와 그 사람이 특별한 관계인 줄 알고 있어."

"흠, 그건 들은 얘긴데… 혹시 그놈이 너하고만 연락하겠다는 이유는 들어봤니?"

"…아니."

강태산의 질문에 은정이 말끝을 흐렸다.

모른다고는 했지만 강태산이 자신에게 호감을 가지고 접근했다는 것을 뒤늦게서야 알았다.

그러나, 그것을 사랑하는 사람에게 말할 수는 없었다.

너무나 어이없는 사실.

현재 대한민국을 들었다 놨다 하는 강태산이 그녀에게 호감을 가졌다는 말을 한다면 세상 사람들이 모두 하품을 할 게 분명했다.

그런데도 사실이다.

그랬기에 윗선에서 매일같이 압박을 가해왔지만 적극적으로 강태산을 만나기 위해 노력하지는 않았다.

만약 그녀가 강태산을 만나기 위해 전화를 했다면 어떤 일이 벌어졌을까?

확률은 꽤 높았을 것이다.

강태산이 그녀에게 호감을 가졌다는 게 사실이라면 강태산은 은정을 만나기 위해 나올지도 몰랐다.

그것이 두려웠다.

회사 일 때문에 자신에게 호감을 가진 남자를 만난다는 것은 정말 하고 싶지 않은 일이었다.

그녀의 가슴속에 사랑하는 사람이 깊숙이 숨어 있는 한 그녀에게 강태산은 그저 격투기 선수 일 뿐이었다.

강태산의 입이 다시 열린 것은 은정의 흐릿한 대답을 듣고 난 후였다.

"아무리 생각해도 그놈 이상한 놈일세. 굳이 너하고만 계약을 하겠다는 이유를 모르겠어. 은정아… 혹시 그놈이 너를 좋아하는 거 아니야?"

"말도 안 되는 소리 하지 마. 그런 유명한 사람이 미쳤다고 날 좋아해!"

이번 대답은 날카로웠다.

그녀의 칼날 같은 목소리는 강한 부정을 넘어 절대 일어나선 안 된다는 신념 같은 것이 들어 있었다.

그랬기에 강태산의 고개가 갸웃거렸다.

"그럼 이유가 뭘까. 그건 그렇고 그놈이 너하고만 계약하겠다고 했다면 이번에도 그렇게 하겠지. 아마, 시합 끝나고 나면 만나주지 않겠어?"

"그러면 다행이고."

"어째 목소리가 이상하다."

"아… 몰라. 난 이제 그 사람과 둘이 만나는 자리는 절대 가지 않을 거야."

"둘이 만난 적 있어?"

강태산의 질문에 은정이 자신의 실수를 뒤늦게 깨닫고 몸을 경직시켰다.

둘만의 만남.

생각하기에 따라서는 많은 오해를 불러일으킬 수도 있는 사실이다.

더군다나 그것이 오빠라면 그녀가 생각하고 싶지 않은 결과가 나올지도 몰랐다.

"저번에 나한테 광고 찍은 거 가지고 밥 사라고 해서 밥 사준 적이 있어."

"그런데?"

"하도 느끼해서 밥 먹는 동안 혼났다. 같이 있으면 부담스러운 사람이야."

"그놈 무지 젠틀한 걸로 소문났는데 사실은 다른 모양이네. 뭐, 야한 농담 같은 거 하고 그러디?"

"아니, 그건 아니고……."

"느끼하다며?"

"그냥 느낌이 그렇다는 거지."

"그것참. 이상하네. 어쨌든, 저번 광고 찍은 것 때문에 보너스도 많이 받았잖아. 그리고 능력을 인정받아서 호봉도 올랐다며. 그러니까 그놈이 하겠다고 하면 그냥 해. 직장인은 회사에서 능력을 인정받는 게 가장 행복한 일이잖아."

"아… 머리 아파. 그런 소리 그만하고 오빠 나 맛있는 거 사주라."

"얼씨구."

"사람들한테 얼마나 치였는지 힘들어 죽겠다. 강태산이 슈퍼스타는 슈퍼스탄가 봐. 기자들이 얼마나 많던지 완전히 북

새통이었어."

"그래, 가자. 뭐 먹으러 갈까. 족발?"

"이씨, 족발이 뭐야 족발이. 헤헤… 닭발 사주라."

*　　　*　　　*

TCN의 정현탁 국장은 오늘도 하루 종일 강태산의 타이틀 방어전과 관련된 직원들을 모아놓고 회의를 하고 있었다.

이제 남은 시간은 단 이틀.

대한민국에서 벌어지는 경기였기 때문에 국민들의 관심이 최고조에 달했으니 어쩌면 경기 당일의 시청률은 40%를 훌쩍 돌파할지도 몰랐다.

모든 일을 꼼꼼히 챙겨야 했다.

조금이라도 미스가 생긴다거나 방송 사고가 난다면 이번 경기의 주관 책임자인 그는 경력에 막대한 타격을 입게 될 것이다.

"성 PD. SF 쪽하고는 협의가 끝났나?"

"중계석의 위치에 대해서는 협의가 끝났습니다. 고공 카메라의 설치만 얘기되면 모든 협의는 완료됩니다."

"카메라는 총 몇 대지?"

"옥타곤 사이드에 5대, 고공 카메라가 3대 설치됩니다."

"좋아. 마지막까지 철저하게 준비하도록 해. 빵꾸 나면 너나 나나 직장 생활 종친다."

"걱정하지 마십시오."

담당 PD인 성경국이 힘차게 고개를 끄덕이자 정현탁의 고개가 다른 사람 쪽으로 향했다.

자리에 앉아 있는 사람은 모두 합해 다섯.

성경국을 포함해서 광고 담당 팀장과 그리고 캐스터인 양인석, TCN이 자랑하는 예능계의 총아 민윤식 PD였다.

민윤식이 이곳에 참석한 것은 특별히 정현탁이 불렀기 때문이었다.

이번 강태산의 경기는 SF그룹이 보유하고 있는 돔 경기장에서 열린다.

원래의 용도는 야구장이었지만 시즌 브레이크를 이용해서 강태산의 시합 장소로 결정되었다.

수용 인원은 2만 명이었으나 특설 링이 설치되면서 좌석 수를 늘려 최대 2만 8천 명까지 수용할 수 있었다.

실내 체육관이 아니라 돔 경기장에서 시합이 치러지기 때문에 방송사 쪽에서 할 일은 산더미처럼 많았다.

"홍 팀장, 광고는?"

"그건 예전에 다 팔렸는데 사장님이 지시하신 대로 3개를 남겨놨습니다. 이제 결정을 내려주셔야 될 것 같습니다."

"알았어. 그건 오늘 사장님한테 직접 올라가서 결정해 주지."

"룰은 지켜져야 합니다. 너무 많은 금액을 부르면 광고주들이 다음부터 우리를 제껴 버릴 수도 있으니까요."

"걱정하지 마라. 3개를 남긴 건 광고료를 많이 받기 위해서가 아니야."

정현탁이 쓴웃음을 짓자 광고 담당 팀장이 재빨리 눈치를 채고 허리를 의자 뒤로 고정시켰다.

30개의 광고 물량 중 3개를 빼놓으라는 오더.

처음에는 그것이 골든타임 몫으로 남겨 광고료를 높게 책정하려는 것으로 알았던 그는 정현탁의 쓴웃음을 보자 금방 입을 닫아버렸다.

직장 생활의 생명은 눈치.

분명 사장은 누군가의 부탁을 해결하기 위해 물량을 남겨놓은 것이 분명했다.

정현탁은 광고 담당 팀장이 입을 닫은 후 곧바로 민윤식을 향해 고개를 돌렸다.

"민 PD, 그쪽은 어때?"

"스탠바이 중입니다. 첫 방송은 한 달 후입니다. 촬영을 감안한다면 보름 이내에 결정이 나야 합니다."

예능계의 총아인 민윤식이 새로운 포맷으로 프로그램을 계획한 것은 두 달 전이었다.

프로그램의 이름은 '그녀의 연인'.

최고의 여자 연예인들을 상대로 불특정 남자와 여행을 하게 만듦으로써 인연을 맺어준다는 컨셉을 가진 예능 프로그램이었다.

워낙 기획 의도가 흥미로웠기 때문에 예능 쪽에서 JYN에 밀리던 TCN 측에서 회심의 일격을 날리기 위해 준비한 비장의 무기였다.

"알겠다. 무슨 수를 쓰든 해볼 테니까 자넨 당초 계획대로 준비하고 있어."

"너무 촉박해서 걱정입니다. 과연 가능할까요?"

"최선을 다해봐야지."

정현탁의 목소리는 자신에 차 있지 않았다.

그가 의도한 대로 따라줄 리가 없기 때문이다.

하지만, 그에게는 히든카드가 있었으니 쉽게 포기할 일도 아니었다.

갑작스럽게 문이 열리며 직원이 뛰어 들어온 것은 그가 양인석을 향해 고개를 돌릴 때였다.

그의 손에는 노트북이 들려 있었다.

"뭔가?"

"국장님, 강태산의 인터뷰 파일이 들어왔습니다."

"그런데? 자네 눈에는 지금 회의하는 게 안 보이나!"

"죄송합니다만 보셔야 할 것 같습니다. 워낙 충격적이라서요."

직원은 국장의 힐책을 받았지만 아랑곳하지 않고 노트북을 내려놓은 채 동영상 플레이 버튼을 눌렀다.

처음에는 불쾌한 기색을 보였던 국장이 직원의 얼굴에서 심각성을 느끼고는 노트북 쪽으로 고개를 돌렸다.

강태산과 요시다의 공식 기자회견 장면이 뜨자 사람들의 시선이 집중되었다.

궁금증과 기대감, 또는 불안감.

직원은 그저 파일을 봐야 한다는 말만 남긴 채 침묵을 지켰기 때문에 사람들의 감정은 복잡할 수밖에 없었다.

회의에 참석했던 사람들은 기자회견이 진행될수록 점점 입을 벌리다가 마지막 순간에 가서는 전부 자리에서 벌떡 일어났다.

회의를 주관하던 정현탁은 아예 비명까지 질렀는데 두 팔은 번쩍 들려 천장을 향하고 있었다.

충격.

강태산의 인터뷰 내용은 TCN에 날개를 달아줄 만큼 충격적인 것이었다.

"강태산… 강태산이 이놈, 정말 만세다!"

*　　　　*　　　　*

대한민국은 강태산의 인터뷰가 텔레비전과 언론을 통해 나가자 발칵 뒤집혔다.

독도의 영유권을 두고 한판 승부를 벌이자는 그의 일갈은 국민들의 가슴에 불을 지피기에 충분했다.

그의 제안은 방송이 된 후 불과 한 시간 만에 인터넷을 뜨겁게 달궈 전 국민이 모두 알게 될 정도였다.

물론 말도 안 되는 제안이라는 걸 잘 안다.

그럼에도 강태산의 자신에 찬 일갈은 국민들의 가슴을 뻥 뚫어주는 청량제 역할을 하기에 충분했다.

독도.

수십 년 동안 일본의 영유권 주장을 들으면서도 대한민국은 침묵으로 일관할 수밖에 없었다.

일본을 자극시킬 수도 있다는 사실 때문에 정부 인사는 물론이고 대한민국의 국민이 우리 땅이면서도 독도를 함부로 방문하지 못했다.

정부는 물론이고 언론도 일본의 영유권 주장에 대해서는 적극적으로 나선 적이 한 번도 없다.

어차피 우리나라 땅인데 일본의 전략에 말려들어 떠든다면 국제사회가 분쟁 지역이라고 인식하게 될 우려가 있었기 때문이었다.

하지만, 정부도 언론도, 그리고 국민들 모두의 가슴에는 남의 땅을 노리는 일본의 야욕에 치가 떨리는 분노가 담겨 있었다.

그랬기에 강태산의 제안은 대한민국 사회에 엄청난 파괴력을 가진 폭탄으로 작용했다.

인터넷의 유저들은 강태산의 일갈에 환호성을 보내며 이참에 끝장을 보자는 의견들이 많았지만 상당수는 다른 반응을 내보였다.

이왕 내기를 할 거면 우리는 독도를, 일본은 대마도를 걸어야 한다는 주장이었다.

우리가 하나를 걸었으니 일본도 그와 걸맞은 것을 내놔야 한다는 논리였다.

당연한 의견이다.

일각에서는 강태산의 생각이 짧았다는 비판이 난무했고 한편에서는 옹호하는 댓글들이 흘러넘쳤다.

오죽 답답했으면 그랬겠냐는 글들이었다.

김현웅이 자신의 블로그에 독도를 걸고 한판 붙자는 강태산의 제안에 대해 찬반 투표 설문을 한 것은 거침없는 자신감에 속이 후련해지는 통쾌감을 맛봤기 때문이었다.

투표를 부친 후 불과 세 시간 만에 오천 명이 넘더니 점점 그 숫자가 증가되어 투표 종료 시간이 다가오자 이만 명이 훌쩍 넘었다.

마지막 결과를 확인한 김현웅이 부엌에 있는 하정아를 소리쳐 부른 것은 자신도 모르게 솟구쳐 오르는 전율 때문이었다.

"정아야, 빨리 와봐!"

"왜 그래."

"이것 봐라. 우리나라 국민들이 이렇다."

그가 내민 노트북의 화면에는 83 : 17이란 숫자가 번쩍거리며 나타나고 있었다.

독도를 걸고 한판 붙자는 강태산의 의견에 이만여 명의 투표자 중 거의 만 칠천 명이 찬성을 했던 것이다.

입을 떡 벌린 채 지켜보던 하정아가 믿기지 않는 듯 떠듬거리며 입을 열었다.

"이거… 진짜야? 뭐 잘못된 거 아냐?"

"답답했던 거지. 독도 가지고 얼마나 오랫동안 일본의 압박을 당해왔냐. 사람들은 강태산을 믿기 때문에 요시다를 박살내서 독도가 우리 거라는 걸 다시 한 번 확인하고 싶은 거다."

"와아, 정말 우리나라 사람들 대단해."

"그게 우리나라 사람들이야. 화끈한 거. 다른 말로 다이내

믹 코리아!"

*   *   *

박무현 대통령은 언제나 그렇듯 오늘 하루도 눈코 뜰 새 없이 바쁘게 보냈다.

남북 경협의 합의에 의해 개성공단이 본격적으로 다시 가동되는 절차를 밟았고 나머지 지역의 공단들에 대해서도 남한의 전문가들이 개설 최적지를 조사하느라 북한으로 파견된 상태였기에 신경을 쓸 일이 한두 가지가 아니었다.

대통령이 바쁜 것은 그것 때문만이 아니었다.

최근 들어 미국과 중국, 일본의 압박이 거세지기 시작하면서 수출에 적색 등이 들어왔기 때문에 경제 관련 장관 회의를 수시로 해야 했고 독도 문제를 해결하기 위해 전력을 기울이는 중이었다.

오늘 청와대 집무실에 모여 있는 5명의 장관들은 현안 문제를 해결하기 위해 핵심적으로 움직이고 있는 사람들이었다.

외교부 장관을 비롯해서 통일부 장관, 국정원장, 국방부 장관과 기재부 장관이 참가한 회의는 저녁 식사가 끝난 7시부터 시작되었다.

장관들은 대통령이 직접 회의를 주제할 때마다 커다란 긴장감에 사로잡힌다.

대통령의 깊은 식견과 사안을 직시하는 능력, 집중력이 뛰어났기 때문에 미리 철저하게 준비하지 않는다면 얼굴을 들지 못하는 경우가 생기기 때문이었다.

장관들의 개괄적인 보고가 끝날 동안 박무현 대통령은 조용하게 앉아 고개만 끄덕이고 있었다.

그러나 마지막 보고자인 국방부 장관의 말이 끝나고 난 후부터 그의 질문이 시작되었다.

"외교부 장관께서는 유엔 사법재판소의 규칙 개정 결의 확률을 얼마로 보고 계십니까?"

"저는 30% 정도로 보고 있습니다."

"이유는?"

"미국과 중국이 동조하고 있지만 EU 쪽에서 반발하고 있습니다. 특히 러시아와 동아시아의 국가들은 말도 안 되는 짓이라며 성명까지 내고 있기 때문입니다. 그들이 유엔에 막대한 영향력을 가지고 있어도 영토 분쟁에 대한 규정 자체를 바꾸기에는 무리가 있을 것입니다."

"그럼에도 최악의 상황으로 흘러가게 된다면 어찌해야 됩니까?"

"그럴 리 없겠지만 만약 규정 결의가 이루어져서 통과된다면 재판에 이기기 위해 최선을 다해야 합니다. 그들을 제외한

나라의 표를 결집한다면 이길 수 있습니다."

"우리는 좋은 말로 희망에 찬 이야기를 하고 있을 때가 아닙니다. 개정 결의가 이루어진다는 것은 그만큼 재판에서 질 가능성이 커진다는 것을 의미합니다. 아직 유엔의 정례 회의가 두 달 남았으니 외교부 장관께서는 마지막까지 EU와 제3국이 이탈하지 않도록 막아주시기 바랍니다. 우리 전략은 규칙 개정의 원천적 차단입니다."

"최선을 다하겠습니다."

"국방부 장관, 지금 독도는 어떻습니까?"

"아직은 편안한 상탭니다. 며칠 전 일본의 함대가 독도 서남방 5㎞까지 접근해 왔다가 돌아간 건 정례적인 훈련으로 보입니다."

"만약 최악의 사태가 벌어지면 일본과 군사적 충돌이 있을지도 모릅니다. 우리는 어떤 경우에도 독도를 내어줄 수 없습니다."

"어떤 경우가 생긴다 해도 우리 군은 목숨을 걸고 독도를 지킬 것입니다."

"장관께서는 모든 경우의 수를 감안해서 전략을 짜주시기 바랍니다. 해군과 공군력의 증강을 위해서 비상예산을 짰났습니다. 즉시 구매가 될 수 있도록 만반의 준비를 해주세요. 시간이 급하다는 것 유념해 주시길 바랍니다."

"알고 있습니다. 최대한 빠른 시간 내에 조치가 될 수 있도록 노력하겠습니다."

"그리고……."

대통령의 질문은 끊임없이 계속됐다.

미국과 중국, 일본의 무역보복에 대한 부분부터 국내의 경제 상황까지 꼼꼼히 챙겼고, 그들이 취할 향후 전략에 대한 예측까지 장관들에게 물었다.

지금까지 계속된 질문이다.

그러나 박무현 대통령은 상황이 변할 때마다 장관들을 향해 반복적으로 질문을 던지며 토의를 거듭했다.

대한민국의 미래가 달린 중대 사안이었기에 박무현 대통령은 앞으로도 이런 질문을 끝없이 던질 것이다.

국가 운영에 방심이란 있을 수 없다.

그것이 박무현 대통령의 통치 철학이었고 국민들을 위하는 그만의 방식이었다.

회의가 모두 끝난 건 9시가 다 되어갈 무렵이었다.

장관들이 회의용 탁자에서 자리를 옮겨 소파에 앉은 것은 대통령의 제안 때문이었다.

그들의 앞에는 제철 과일과 떡이 예쁘게 잘려서 놓여 있었는데 늦은 시간까지 집으로 돌아가지 못한 장관들에게 주는 대통령의 작은 배려였다.

소통.

그렇다, 대통령은 중요한 회의를 한 후에도 장관들과 담소를 하면서 그들의 마음과 의지를 읽고자 노력했다.

비서실장이 슬그머니 집무실을 열고 들어선 것은 박무현 대통령의 농담에 장관들의 얼굴에서 웃음꽃이 필 때였다.

"대통령님. 텔레비전을 잠시 보시죠."

"무슨 일입니까?"

"지금 TCN에서 '집중조명'이라는 프로그램이 방영되고 있습니다. 격투기 선수 강태산 때문에 난리가 난 모양입니다."

비서실장이 리모컨을 들어 텔레비전 켠 후 채널을 TCN에 맞췄다.

계속되는 일정 때문에 대통령은 현재 벌어지고 있는 강태산 신드롬을 알지 못했다.

그 역시 각료 회의가 시작된 후에야 알았기 때문에 회의가 끝난 지금에서야 들어왔던 것이다.

텔레비전에서는 마침 강태산이 인터뷰를 하면서 일본 쪽을 향해 당당한 모습으로 독도를 두고 한판 벌이자고 제안하는 것이 방송되고 있었다.

프로그램에서는 인터뷰 내용을 방송한 후 거리로 나가 국민들의 반응을 살피는 내용이 계속해서 흘러나오는 중이었다.

국민들의 반응은 그야말로 폭발적이었는데 그동안 독도를 가지고 계속해서 시비를 걸어온 일본에 대한 반감이 고스란히 나타났다.

박무현 대통령의 입에서 미소가 지어진 것은 대학생으로 보이는 젊은 남자가 입에 거품을 물면서 독도는 엄연히 대한민국 영토라는 말을 할 때였다.

"강태산, 그 친구 시합이 언제라고 했죠?"

"이틀 후에 벌어집니다."

"독도를 두고 싸우자는 말을 하다니 정말 재밌는 친구군요."

"격투기 선수의 만용일 뿐입니다. 감히 국가의 영토를 가지고 그런 소리를 하다니요."

"실장님은 통쾌하지 않았습니까?"

"그건……."

"여러분들은 어떠셨습니까?"

비서실장이 쉽게 대답하지 못하자 박무현 대통령이 좌중에 앉아 있는 장관들을 향해 시선을 돌렸다.

먼저 대답을 한 것은 국정원장이었다.

"통쾌합니다. 하지만, 비서실장의 말대로 경솔한 짓이었습니다. 만약 강태산이 진다면 일본 언론은 무차별적으로 독도 공세를 해올지도 모릅니다."

"이기면요?"

"이겨도 마찬가지일 거란 생각이 드는군요. 지금까지 우리의 전략은 일본의 도발에 대해서 무시하는 것이었습니다. 강태산이 독도를 언급한 것이 세계적으로 이슈가 되었으니 일본의 의도에 말려든 것이나 다름없습니다. 일본은 경기 결과에 상관없이 독도에 대한 분쟁을 더욱더 세계에 홍보해 나갈 것입니다."

국정원장답게 면밀한 분석이다.

앞으로의 진행은 그렇게 될 공산이 컸다.

강태산의 행동은 울고 싶은 놈의 뺨을 거칠게 팬 것과 다름없었으니 일본은 그것을 빌미로 삼아 더욱더 울어댈지도 몰랐다.

하지만 박무현 대통령의 미소는 국정원장의 대답을 듣고 더욱 짙어졌다.

"물론 원장님의 말씀대로 일본이 더 강하게 나올 수도 있을 겁니다. 그러나 이미 중국과 미국마저 나섰기 때문에 국제사회 대부분은 독도에 대해서 알고 있는 상태예요. 시대 상황은 늘 변하게 되어 있습니다. 지금까지는 원장님의 말씀대로 무시 전략을 써왔지만 이제 그렇게 해서는 안 된다는 생각이 드는군요. 우리 땅을 우리 땅이라 말하지 못한다면, 남들의 눈치를 보면서 내 땅에 가지 못하는 건 정답이 아닌 것 같습니다. 국민들이 저렇게 강태산 선수의 제안에 전폭적으로 지지한 것은 주권국가로서의 자존심 때문이 아니겠습니까?"

"맞는 말씀입니다. 저 역시 그렇게 생각하고 있었습니다. 일본의 주장에 이제는 강력하게 맞서야 됩니다."

군 출신답게 언제나 꼿꼿한 자세를 유지하고 있던 국방부 장관이 강한 목소리로 맞장구를 쳤다.

그는 외교부가 펼치고 있는 무시 전략에 대해서 평소부터 불만을 가졌던 사람이었다.

주권국가에서 남의 눈치를 보는 것 자체를 그는 오래전부터 못마땅하게 생각하고 있었다.

대통령의 미소가 더욱 짙어진 것은 외교부 장관의 얼굴이 똥 씹은 것처럼 변할 때였다.

"강태산 선수의 시합을 직접 보고 싶군요. 하지만 그건 곤란하겠지요?"

"대통령님, 그건……"

"하하하, 압니다. 이런 위중한 시기에 한가롭게 경기장에 간다면 국민들께 혼날 거예요."

"그렇습니다."

"그래도 저 친구의 말을 듣고 나니 속이 시원해졌어요. 나는 강태산 선수가 일본 선수를 혼쭐내 줬으면 좋겠습니다."

"강태산 선수는 무적의 챔피언입니다. 반드시 좋은 결과를 보여줄 겁니다."

"일각에서 하는 말처럼 대마도를 걸라고 했으면 좋았을 텐데 그건 조금 아쉽네요……."

"아마, 요시다란 일본 선수의 도발에 미처 그 생각까지는 하지 못한 모양입니다."

＊　　　＊　　　＊

결전의 날이 다가왔다.

대한민국은 UFC 470이 벌어지는 일요일이 되자 모든 눈과 귀가 SF 돔 경기장으로 맞춰졌다.

물론 그것은 일본도 마찬가지였다.

일본의 언론 역시 대한민국 언론 못지않게 이번 시합에 대해서 한 달 전부터 떠들었기 때문에 강태산의 도발적인 제안에 대해서는 벌집을 쑤셔놓은 듯 시끄러웠다.

경기장의 좌석 판매는 벌써 한 달 전에 완전 매진이 된 상태였다.

대부분의 좌석들은 대한민국 팬들이 점유했지만 옥타곤 주변의 VIP용 특설 좌석들은 오히려 외국에서 날아온 사람들이 상당수 차지했다.

그중에는 할리우드의 영화배우 밥 힐런을 비롯해서 세계에서 가장 섹시한 가수로 손꼽히는 미셸 제니퍼, NBA의 특급 골게터 제이슨 돈 등 수많은 스타들과 세계의 유수한 경제인, 정치가들도 다수 포함되어 있었다.

PPV 판매량은 강태산이 타이틀 도전전에서 보여줬던 700만을 훌쩍 뛰어넘어 950만을 기록했고 UFC는 방송권 판매와 광고 수익으로 벌써 천만 달러를 벌었다는 소식도 전해졌다.

슈퍼스타 강태산.

강태산이 지금까지 보여줬던 불꽃같은 인파이팅은 전 세계 격투팬들에게는 마약과 같은 것이었다.

강태산이 침대에서 눈을 뜨고 일어서자 산만 한 그림자가 불쑥 다가오는 것이 보였다.

김만덕이었다.

시합 전날이기 때문에 어제는 체육관에 마련된 숙소에서 트레이너진과 같이 잤는데 김만덕은 한참 전부터 그의 침실에 들어와 있었던 모양이었다.

"뭐야, 네가 왜 여기 있어?"

"하여간 형은 강심장이다. 나는 긴장해서 잠이 안 오던데 어떻게 형은 침까지 흘리면서 자냐."

"이놈이 이제 거짓말도 하네. 내가 무슨 침을 흘리면서 자!"

"목청 좋고. 형, 일어나 봐."

"왜?"

"어디 아픈 데 없는지 살펴봐야지."

대뜸 다가온 김만덕이 강태산의 어깨를 잡아왔다.

목적이 뭐든 솥뚜껑 같은 김만덕의 손에 잡힐 강태산이 아니었다.

그랬기에 슬쩍 어깨를 뺀 강태산은 침대 왼쪽으로 빠져나오며 김만덕을 흘겨봤다.

"인마, 난 상태 좋다. 그러니까 내 몸에 손대지 마. 넌 어째 틈만 나면 내 몸에 손대려고 하냐?"

"이때 아니면 언제 형 몸을 만지겠어."

"실없는 소리 하지 말고 나가. 씻을 테니까."

"씻어."

"나가라니까?"

"씻는 모습 좀 보자."

"너 변태냐?"

"형 벗은 모습 찍어서 언론이나 광고 쪽에 팔면 얼마나 줄까?"

"죽고 싶은 거지?"

"크크크…… 빨랑 나와라. 아버지 기다리신다."

"밥 먹자고?"

"으이구, 지금 밥이 문제냐. 체육관 밖이 난장판이야. 아무래도 가기 전에 한마디 해줘야 될 것 같아."

"그건 또 뭔 소리야?"

"기자들이 잔뜩 몰려와 있다. 대충 백 명은 훌쩍 넘겠더라."

"그것참. 알았다."

김만덕이 나가는 것을 확인한 강태산이 옷을 천천히 벗었다.

언제나 그랬지만 그의 몸은 하느님이 빚어낸 예술품을 보는 것 같다.

울퉁불퉁한 근육이 붙어 있는 게 아니다.

그럼에도 그의 몸은 더없이 완벽한 근육으로 덮여 있었다.

차돌 같은 근육들의 행진.

그의 몸 전신을 덮고 있는 근육들은 적재적소에서 놓여 강한 기운을 여지없이 뿜어내고 있었다.

샤워를 마치고 트레이너들이 준비해 놓은 아침 식사를 먹었다.

시합 전에는 언제나 가볍게 먹기 때문에 식사 시간은 그리 오래 걸리지 않았다.

체육관에서 SF 돔 경기장까지는 40분 정도가 소요되기 때문에 아직도 한 시간의 여유가 있었다.

김 관장이 주도한 마지막 작전 회의가 끝나고 강태산이 체육관을 나선 것은 오전 10시가 다 되었을 때였다.

"와아, 강태산이다!"

강태산의 모습이 드러나자 체육관 앞을 가득 메우고 있던 기자들이 벌 떼처럼 몰려들었다.

번쩍거리며 카메라 플래시가 미친 듯이 터졌다.

기자들은 체육관을 나서는 강태산의 모습을 조금이라도 놓칠까 봐 안간힘을 쓰면서 카메라 셔터를 눌러대고 있었다.

그러나 기자들은 관원들이 미리 설치해 놓은 이동 통로의 바리케이드 선을 넘지 않았다.

강태산의 출정 장면을 찍기 위해 체육관 앞에 몰려 있었던 기자들이 다가가지 않은 건 혹시라도 몸싸움으로 인해 강태산이 다칠지 모른다는 두려움 때문이었다.

오늘 강태산은 대한민국이란 이름을 걸고 싸우는 전사였기에 그들은 강태산에게 조금이라도 위해가 되는 행동을 하지 않으려 했다.

맨 앞에 서 있던 스포츠 한국의 민완 최태영이 다른 기자들과 함께 눈치 없이 강태산에게 접근하는 외신 기자들을 막은 건 그런 이유였다.

"야, 밀지 마, 이 새끼들아! 니들 강태산 옆에 가기만 해봐. 전부 머리털을 뜯어놓는다!"

김가을은 SF 돔 경기장으로 향하는 밴에 몸을 실은 채 눈을 감고 있었다.

몇 달 전 JYN에서 특집으로 마련한 행사에 참여하면서 강태산의 경기를 처음으로 봤다.

동영상 파일과 텔레비전 재방송에서 수없이 본 경기는 현장에서 직접 본 생생함에 비한다면 아무것도 아니었다.

그 떨림, 그 흥분.

챔피언을 열망하는 강태산의 뜨거운 의지와 불꽃같았던 인파이팅을 보면서 그녀의 심장은 한없이 떨렸다.

얼마나 간절하게 응원했는지 모른다.

팽팽한 경기가 지속될 때 그녀의 주먹은 잔뜩 쥐어진 채 움직이지 못했다.

그런 후 강태산의 승리가 결정되는 순간 자신도 모르게 자리에서 벌떡 일어나 만세를 불렀다.

그냥 만세만 부른 것이 아니었다.

얼마나 기뻤던지 언제나 숙적이었던 서유경의 몸을 끌어안고 펄쩍펄쩍 뛸 정도였으니 그 기쁨은 이루 헤아릴 수 없을만큼 컸다.

시합이 끝나고 '대단한 도전'에 강태산이 출연한다는 사실을 듣고 그녀는 화장대에 앉아 2시간이나 치장을 했다.

사회자의 짓궂은 질문이 강태산을 향했을 때 경기를 볼 때와는 다른 흥분과 긴장감에 사로잡혔다.

'여기 있는 여자분들 중 이상형이 있나요?'

분명히 그렇게 물었다.

사회자의 질문이 끝나고 강태산의 입이 열리기 전까지 그녀는 시선을 앞에 고정시킨 채 망부석처럼 움직이지 않았다.

그녀와 함께 있었던 여자들은 전부 각자의 매력이 최고라고 알려진 스타들이었다.

서유경은 물론이고 요즘 들어 가장 핫하다는 걸그룹의 여자애들까지 있었으니 강태산이 자신을 택할 것이란 확신을 갖지 못했다.

물론 그녀는 대한민국 최고의 스타였다.

그런데도 사회자의 질문에 강태산이 다른 사람을 선택할까 봐 마음은 한없이 작아졌고 몸은 긴장으로 굳어져 쉽게 움직이기 어려웠다.

다행일까, 아니면 불행의 시작일까.

강태산은 그녀를 택했다.

그러나 그 선택은 그녀의 자존심을 한껏 갉아먹는 시작에 불과했다.

최대한 정중하게 사양을 했으나 강태산은 그녀를 전혀 염두에 두지 않고 있다는 말을 조금의 망설임도 없이 해버렸다.

부끄러움으로 얼굴이 붉어졌으나 내색할 수는 없었다.

텔레비전의 예능 프로그램에 나와 그녀의 속마음을 들킨다는 건 바보 같은 짓일 뿐이었다.

수많은 남자들의 우상으로 지내온 건 벌써 십 년도 훨씬 더 된 일이었다.

그동안 그녀를 바라보던 남자들의 눈에는 모두 경외심이 담겨 있었다.

남자들은 늑대라고 했으나 그녀를 바라보면서 어떤 남자도 음흉한 시선을 보낸 적이 없다.

오직.

그녀의 아름다움에 취했고 그저 한번만이라도 더 보고자 하는 것이 그들의 소망이었다.

얼마나 많은 남자들이 접근해 왔던가.

재벌가의 후계자들부터 잘나간다는 스포츠 스타와 동료 연예인들까지 많은 남자들이 그녀와 사귀기 위해 안간 힘을 썼다.

그녀는 절대 감정이 없는 나무토막이 아니었다.

사랑을 하고 싶었고 백마 탄 왕자처럼 멋진 남자를 만나 연애도 하고 싶었다.

남자들을 만나지 않았던 것은 아니었다.

성숙한 여인에게는 벌들이 꽃을 찾듯 남자들이 날아왔으니 자의 반 타의 반으로 몇 명과 교제를 했다.

그러나 사랑이란 감정은 쉽게 생겨나지 않았다.

사랑은 운명이라고 했던가.

그런 일이 반복되면서 점점 지쳐갔다.

나이가 들면 들수록 남자들에 대한 환상과 설렘은 그 빛을 잃어갔다.

그러던 어느 날 텔레비전에서 강태산을 본 후부터 그녀의 가슴이 다시 뛰기 시작했다.

처음부터 그랬던 것은 아니었다.

강태산의 경기를 처음 봤을 때의 감정은 격투기 선수로서 보기 드물게 잘생겼단 것과 무서울 정도로 치열하게 싸운다는 것뿐이었다.

처음의 그 강렬함을 잊지 못했던 것이 분명했다.

자신도 모르게 바쁜 일정 속에서도 그의 경기를 찾아보게 되었으니까.

사람을 매료시켜 버리는 마력.

그의 몸에서 뿜어져 나오는 강렬한 전사로서의 향기는 그녀의 마음을 송두리째 빼앗아 가기에 충분한 것이었다.

오랜만에 스크린에서 벗어나 텔레비전의 예능 프로그램에 출연했을 때 이상형이 누구냐는 질문을 받은 후 곧장 강태산의 이름을 말한 것은 그런 과정이 있었기 때문이었다.

사랑?

사랑은 아니었다.

보지도 않은 남자를 사랑하는 미친 여자가 어디 있단 말인가.

그렇게 생각했다.

충격적으로 순식간에 그녀의 마음속을 차지한 것은 오로지 격투를 예술과 전쟁으로 승화시킨 강태산의 특별함 때문이라고 생각했다.

그런데 막상 강태산으로부터 단숨에 거절을 당하게 되자 자신도 모르게 망치로 가슴을 얻어맞은 것 같은 충격이 따가왔다.

물론 진심이 아니었는지도 몰랐다.

예능 프로그램에서 장난으로 한 질문이었으니 그 역시 장난으로 대답한 것일 수도 있었다.

묻고 싶었다. 그의 진심을.

그녀는 강태산이 사귀고 싶다는 마음만 있다면 진심으로 정성을 다해 교제를 시작하고 싶다는 것을 전하고 싶었다.

그러나 그렇게 하지 못했다.

그는 시합이 끝나자 귀신처럼 모든 언론의 이목에서 사라졌기 때문이었다.

여자의 사랑은 수줍고 안타까우며 부끄러운 것이었기에 아무에게도 그녀의 마음을 나타낼 수 없었다.

오늘 이 순간.

그녀가 소속사의 사장에게 특별히 부탁해서 옥타곤의 링 사이드에 자리를 마련한 것은 그를 다시 한 번 보면서 자신의 마음을 확인하기 위함이었다.

부정.

아니었으면 좋겠다.

그저 한순간의 바람처럼 스쳐 지나가는 꿈이기를 그녀는 간절히 원하고 있었다.

김가을이 밴에서 내리는 순간 수많은 카메라가 플래시를 터뜨렸다.

어떻게 알았을까.

돔 경기장의 정문을 가득 채웠던 기자들은 그녀가 차에서 내리자 아수라장을 만들며 마이크를 내밀었다.

"김가을 씨, 강태산 선수와는 어떤 관계입니까?"

"팬이에요."

"강태산 선수를 이상형으로 꼽을 정도로 호감을 나타냈는데 개인적인 감정은 없습니까?"

"강태산 선수는 오늘 방어전을 치르잖아요. 그분에게 조금이라도 영향이 있을지도 모르는 대답은 하지 않겠어요."

듣기에 따라서는 여러모로 해석이 가능한 대답이었다.

좋아한다는 건지, 아니면 그냥 방송용으로 한 멘트였는지

헛갈릴 정도로 모호한 대답이다.

연예부 기자들이 그런 모호한 대답을 그냥 지나칠 리는 만무했다.

"혹시 두 분이 만난 적은 있나요?"

"없습니다."

"그럼 대단한 도전에서 만난 게 끝인가요?"

"저는 프로그램이 끝난 후 강태산 선수를 만난 적이 없어요. 전화 통화 한 번 안 했어요."

그녀의 대답에 기자들의 얼굴에서 실망감이 급속도로 퍼져나갔다.

뭔가 특종이 생길지도 모른다는 사실에 잔뜩 기대했던 그들의 표정이 순식간에 일그러졌다.

하지만, 기자들은 곧 다른 질문으로 그 실망을 감추었다.

"강태산 선수가 사귀자고 한다면 어쩌시겠습니까?"

"아마, 그런 일은 없을 것 같군요."

"만약이라고 했잖습니까."

"방금 말한 것처럼 오늘은 강태산 선수에게 무척 중요한 날이에요. 저는 여러분께서 그분을 위해 이런 질문을 삼가주셨으면 좋겠어요."

"…죄송합니다."

"오늘은 강태산 선수를 응원하는 날이에요. 기자분들께서도 강선수를 응원해 주셨으면 좋겠어요."

"당연히 그래야죠. 김가을 씨, 마지막으로 강태산 선수에게 응원의 한 말씀 부탁드리겠습니다."

"오늘 반드시 이겨주기를 바랍니다. 늘 응원하고 있으니 오늘도 멋진 경기 부탁드려요."

부드럽게 말을 끝낸 김가을이 기자들을 뚫고 걸음을 옮겼다.

계속 있을 이유가 없었다.

여기에 계속 있게 된다면 그녀는 자신의 감정을 숨기지 못할지도 모른다.

돔 경기장에 도착하면서 가슴이 세차게 뛰기 시작했다.

아니었으면 좋겠다는 그녀의 바람은 어느 순간 천만리 허공 속으로 사라졌고 오직 강태산을 보고 싶다는 마음만 가슴을 가득 채우고 있었다.

바보다.

자신의 마음조차 제대로 알지 못하고 있으니 이 일을 어쩌면 좋단 말인가.

가슴에 손을 모으고 천천히 통로를 따라 걸어갔다.

그 짧은 순간.

수많은 사람들이 그녀를 보기 위해 걸음을 멈추는 것이 보였다.

그럼에도 고개를 숙인 채 부지런히 걸어 그가, 그 사람이 싸울 옥타곤으로 향했다.

경기장 안으로 들어가는 순간 그녀의 걸음이 우뚝 멈춰 섰다.

열기.

엄청난 규모를 자랑하는 SF 돔 경기장은 온통 태극기의 물결로 가득 차 있었다.

UFC 470은 메인이벤트인 강태산과 요시다의 경기 외에 5경기가 더 벌어지는 것으로 계획되어 있었다.

그중에는 일 년 전 UFC에 진출한 페더급의 최두섭도 포함되어 있었는데 UFC 쪽에서 대한민국을 배려한 대전표였다.

최두섭은 최근 두 번의 경기에서 승리를 했기 때문에 유망주로 각광받고 있는 선수로서 뛰어난 스피드가 장점이었다.

SF 돔 경기장에는 동서남북 네 방향에 대형 스크린이 걸려 있었다.

워낙 경기장이 컸기 때문에 옥타곤에서 벌어지는 혈투를 관객들이 쉽게 볼 수 있도록 특별하게 설치된 것이었다.

오늘의 경기는 3개의 방송사에서 중계를 하는 것으로 되어 있었다.

TCN 외에 UFC 주관 방송사인 폭스TV가 동쪽에 포진했고,

일본의 공영방송인 NHK는 서쪽에 자리 잡은 상태였다.

TCN은 그들 중간에 위치했는데 오늘 중계를 맡은 양인석과 서정설은 현장 상황을 체크하기 위해 한 시간 전부터 나왔다.

"미치겠구만."

자리에 앉지 못하고 양인석의 입에서 대뜸 거친 목소리가 터져 나왔다.

그의 눈은 관중석을 향하고 있었는데 보이는 모든 스탠드는 태극기로 가득 덮여 있었다.

누가 시킨 일이 아니었다.

그런데도 오늘 시합을 보러 온 관중들은 하나같이 태극기를 품은 채 입장했던 것이다.

서정설의 놀람은 결코 양인석의 것보다 못하지 않았다.

그는 중계석에 앉으면서 관중석을 보고는 입을 다물지 못했다.

"도대체 이게 뭔 일이라냐."

"옛날에 우리나라가 월드컵에서 4강에 올랐을 때도 이런 일은 없었어."

"그때는 태극기 대신 붉은 악마 티셔츠였지."

"이거, 만약이라도 강태산이 진다면 큰일 나겠는데."

"그런 소리 하지 마. 말이 씨가 된다고!"

"그렇지, 그래서는 절대로 안 되지."

"그런데 저 새끼들은 우리보다 훨씬 먼저 온 모양이다."

서정설이 일본 중계석을 보면서 한마디 던지자 양인석의 얼굴이 단박에 일그러졌다.

일본 중계석은 뭐가 그리 즐거운지 캐스터와 해설자가 연신 웃으며 떠들고 있는 중이었다.

"많이 웃어라, 이 새끼들아. 곧 죽상이 될 테니까."

"저놈들. 뭔가 믿는 구석이 있는 건가?"

"있긴 개뿔. 지들이 믿을 게 뭐가 있어!"

"요시다가 강태산을 깰 비책을 준비했다고 하잖아."

"걱정 마. 요시다 그 새끼는 강태산한테 한번 박살이 난 놈이야. 한번 개구락지가 된 놈은 절대 그 공포에서 벗어나지 못하게 돼 있어."

"넌 캐스터가 어떻게 그리 일방적이냐. 좀 냉정하게 생각해 볼 필요성이 있다고."

서정설이 정색을 하고 바라보자 그때서야 양인석의 표정이 바뀌었다.

그 역시 뭔가 낌새가 이상했던 모양이었다.

"뭔데 그래. 뭘 냉정하게 생각해?"

"요시다는 강태산한테 진 이후로 한 번도 쉰 적이 없단다. 복수에 이를 갈았다는 거지. 더군다나 타카타 도장의 명트레이너들과 후지산으로 3개월 동안 특훈을 떠났어. 분명 강태산을 철저하게 분석해서 승리의 비책을 만들어냈을 거다. 요시다가 인터뷰에서 떠든 게 거짓말 같지 않아."

"서 위원이 생각했을 때 그게 뭔 것 같아?"

"그건 나도 장담하지 못하겠어."

"강태산은 무결점의 챔피언으로 불리는 놈이야. 그런데 3개월 만에 방법이 생길까?"

"강태산이 엄청난 괴물이란 건 세상이 다 아는 건 맞아. 하지만, 놈들은 분명 뭔가를 찾아냈을 거다."

"아니, 이 사람이 자꾸 사람 속을 뒤집어놓네. 그게 뭔지도 모른다면서 왜 자꾸 사람 속을 긁어. 불안하게시리!"

"사실 나도 불안하다. 강태산이 인터뷰에서 아무런 대책을 마련하지 않았다고 하니까 더욱 불안해. 지금까지 해왔던 전략을 그대로 쓰겠다는데 그건 너무 위험한 것 같단 말이야."

"씨발. 미치겠네."

서정설의 설명에 양인석의 입에서 욕이 튀어나왔다.

서정설은 왕년에 격투기 선수로 활동한 적이 있었고 선수 생활을 끝낸 후 해설자로 전업한 사람이었다.

그가 명해설자로 거듭 태어날 수 있었던 것은 격투기에 대한 감각과 더불어 끊임없는 공부와 연구를 통해 전문가로 거듭 태어났기 때문이었다.

그는 수많은 경기를 해설하는 동안 족집게 무당처럼 경기 결과를 예측해서 양인석을 놀라게 만든 적이 한두 번이 아니었다.

서정설의 말대로 이번 경기에서 요시다의 비책이 통하게 된다면 어찌 될까.

정말 상상하기도 싫은 일이었다.

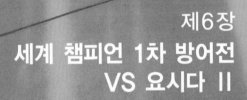

제6장
세계 챔피언 1차 방어전
VS 요시다 II

강태산이 돔 경기장에 도착한 것은 11시가 조금 넘었을 때였다.

차에서 내리자 수많은 기자가 그를 맞아들였다.

그러나 체육관 앞에서처럼 인터뷰를 요청하는 사람은 아무도 없었다.

그들은 오직 경기장에 도착한 강태산의 모습을 사진기에 담느라 정신이 없었는데 강태산이 천천히 앞으로 걸어가자 썰물처럼 길을 비켜주었다.

선수 대기용 통로를 향해 다가갈 때 폭탄이 터지는 듯한 함성이 돔 경기장에서 울려 퍼지는 게 느껴졌다.

UFC 470의 언더카드 경기는 9시부터 시작되었으니 지금쯤 이면 메인 게임들이 벌어질 시간이었다.

누가 이런 함성을 이끌어낼 수 있는 것일까.

저 정도의 열광을 이끌어낼 정도라면 옥타곤에 있는 선수들의 게임은 치열한 난타전일 거라는 생각이 들었다.

그러나, 강태산은 모르고 있었다.

그 열광이, 그 환호가 자신으로 인해 생겼다는 사실을.

SF 돔 경기장을 가득 메운 관중들은 대형 화면을 통해 강태산이 도착한 장면이 흘러나오자 뜨거운 성원이 담긴 함성을 일제히 터뜨렸던 것이다.

그 사실을 모른 채 강태산은 스태프들의 호위를 받으며 대기실로 들어섰다.

대기실은 넓었다. 또한 긴급하게 꾸며졌다는 느낌이 들었지만 짧은 시간을 머물기에는 아깝다는 생각이 들 정도로 깨끗하게 꾸며져 있었다.

강태산이 옷을 갈아입을 동안 스태프들은 경기에 필요한 물품을 정리하고 가볍게 몸을 풀 수 있는 장비들을 꺼내느라 분주했다.

UFC 톰슨 회장이 대기실 문을 열고 들어선 것은 강태산이 옷을 갈아입은 후 김 관장과 이야기를 나누고 있을 때였다.

김 관장은 경기가 있는 날이면 얼굴이 붉어질 정도로 긴장을 했기에 오히려 강태산이 위로해 줘야 했다.

"챔피언, 오늘 컨디션은 어떻소?"

"좋습니다."

"나는 한국을 처음 방문합니다. 그런데 한국이 참 아름답군요. 나는 어제 서울 시내를 구경하면서 정말 즐거운 시간을 보냈습니다."

"그렇다면 이제부터라도 종종 오기 바랍니다. 대한민국에는 회장님께서 놀랄 정도로 아름다운 것들이 많으니까요."

"하하… 그럴 생각이오. 그나저나 정말 놀라운 일이오. 나는 한국의 관중들이 이렇게 열정적인지 처음 알았소. 아름다운 해가 뜨는 나라, 동방예의지국이라고만 알았는데 정말 의외요. 더군다나 챔피언 같은 전사를 길러냈다니 믿어지지 않는 일이오."

"대한민국은 조용한 아침의 나라가 맞습니다. 그러나 고요 속에 엄청난 에너지를 가지고 있지요. 대한민국은 함부로 남을 건드리지 않습니다. 대신, 한번 분노하면 물불을 가리지 않는 폭발력을 지닌 나랍니다."

"그런 것 같소. 챔피언, 나는 오늘 경기에서 당신이 이전까지 보여줬던 것처럼 화끈한 경기를 해줄 것이라 기대합니다."

"그럴 겁니다."

"자, 그럼. 준비 잘하시오. 건투를 빌겠소."

톰슨은 가볍게 강태산의 어깨를 두드려 준 후 대기실을 빠져나갔다.

그런 그를 향해 강태산은 빙긋 웃었다.

톰슨은 이곳을 떠나 요시다의 대기실로 갈 것이 분명했다.

그는 사업가였고 언제든 발생할지 모르는 모든 경우의 수를 대비하는 사람이었으니 요시다가 이겼을 때를 감안해서 행동할 것이다.

톰슨이 빠져나가자 김 관장이 슬며시 다가왔다.

김 관장의 목소리는 긴장감 때문인지 갈라져 나오고 있었다..

대충 시간을 따져보면 메인이벤트인 자신의 경기는 앞으로 두 시간 정도 남았다.

대기실에 설치되어 있는 메인 카드에서는 연신 함성이 울리고 있었는데 두 번째 경기로 잡혀 있던 최두섭의 시합이 열리고 있었기 때문이었다.

"태산아, 정말 몰 수 있겠어?"

"걱정마지 마세요."

"요시다 그놈은 필사적으로 도망 다니면서 판정을 기대할 게 분명해. 그렇다고 무리하게 따라다니다가는 반격을 당할 수도 있어. 조심해야 된단 말이야!"

"그 정도에 불과하다면 놈은 챔피언이 될 자격이 없습니다."

"연습한 대로만 하자. 아웃파이팅을 하는 놈에게는 서두르면 절대 안 된다는 것 잊지 마. 차근차근 옥타곤의 철망으로 몰아야 돼. 우리가 승부를 걸어야 할 곳은 바로 거기다."

"알겠습니다. 그러니까 관장님은 이제 편안하게 쉬세요. 저기 최두섭이가 경기를 꽤 잘하는군요."

강태산이 텔레비전을 통해 나오는 화면을 보면서 김 관장의 말을 끊었다.

그의 시선이 화면에 고정되자 김 관장이 고개를 저으며 뒤로 물러났다.

나름대로 요시다가 마련한 전술을 예상한 김 관장이 워낙 닦달했기 때문에 아웃파이팅에 대해서 준비를 했으나 강태산의 생각은 달랐다.

그 정도가 아닐 것이다.

세계 최고의 트레이너들이 모두 달라붙었다면 놈은 분명 자신의 단점을 파고드는 전략을 마련했을 게 분명했다.

*   *   *

최두섭의 경기는 치열한 난타전을 펼치며 판정까지 갔다.

국내에서 벌어지는 경기였으니 일방적인 응원이 그에게 쏟아졌다.

잠시도 쉬지 않는 난타전은 엄청난 체력을 소모하게 만들지만 최두섭은 관중들의 일방적인 응원을 업고 자신보다 상위 랭커를 판정으로 누르는 쾌거를 만들어냈다.

시간은 빠르게 흘러갔다.

최두섭 뒤에 펼쳐진 두 경기는 판정까지 가지 않고 중간에 KO로 끝났기 때문에 이제 남은 경기는 헤비급의 타이틀 도전권이 걸린 랭킹전뿐이었다.

존 해밀턴과 쇼 헐크의 대결.

강태산의 타이틀 방어전에 밀려 메인이벤트를 빼앗겼으나 이 경기는 어떤 경기보다 비중이 높은 빅카드였다.

존 해밀턴은 전 세계 챔피언이었다.

불의의 일격으로 현 챔피언인 마이크 밀러에게 타이틀을 빼앗기기 전까지 그는 5차 방어전까지 성공하며 승승장구하던 하드펀처였다.

쇼 헐크도 만만치 않았다.

최근 7연승을 달리며 무시무시한 펀치력으로 쾌속 질주하고 있는 차세대 기대주가 바로 그였다.

격투기 팬들이 잠시 동안 강태산과 요시다의 경기를 잊고 시합이 시작되기를 간절히 고대한 것은 그만큼 그들의 경기가 치열할 것이라 예상했기 때문이었다.

모든 사람의 시선이 존 해밀턴과 쇼 헐크의 대결에 쏠렸으나 요시다는 그 시간 본격적으로 몸을 풀기 시작했다.

가벼운 몸놀림.

스트레칭으로 몸을 이완시킨 그는 오 분 정도 가볍게 섀도복싱을 한 후 미트를 들고 다가온 아오키를 향해 몸을 돌렸다.

무리는 하지 않았다.

그러나 몸에서 가볍게 땀이 배어 나올 정도로 미트를 향해 펀치를 날리며 아오키의 주변을 뱅뱅 돌았다.

텔레비전을 통해 한국 관중들의 목소리가 여과 없이 흘러나와 그의 귀를 괴롭혔다.

일본 사람들과 다르게 한국 놈들의 음성은 묘하게 신경을 자극하는 열기가 담겨 있었다.

미트질을 끝내고 그가 돌아섰을 때 화면에서는 쇼 헐크가 무차별적으로 존 해밀턴을 몰아붙이는 장면이 흘러나왔다.

한눈에 봐도 경기는 기울었다.

옥타곤에 몸을 기댄 존 해밀턴의 눈은 반쯤 풀려 있었고 쇼 헐크는 냉정한 눈으로 무시무시한 펀치를 꽂아 넣는 중이었다.

경기가 끝난 것은 요시다가 화면에 시선을 고정시킨 후 불과 10초도 지나지 않았을 때였다.

쇼 헐크의 마지막 펀치는 충격적이었다.

오른쪽 훅이 턱에 적중되는 순간 존 해밀턴은 도끼에 마지막 일격을 당한 고목처럼 허무하게 바닥으로 쓰러졌다.

새로운 영웅의 탄생.

막강한 전력을 자랑하는 전 챔피언 존 해밀턴까지 무너뜨렸으니 쇼 헐크의 몸값은 천정부지로 뛰어오를게 분명했다.

부르르 몸이 떨렸다.

강태산, 기다려라. 곧 너도 존 해밀턴처럼 바닥을 기어 다니게 될 것이다.

챔피언 벨트를 두른 자신의 모습을 상상하자 갑자기 미호가 못 견디게 보고 싶어졌다.

벌써 미호를 보지 못한 지 3달이 넘었다.

후지산에 내려와서도 그녀를 찾지 않았기 때문에 그를 아직도 사랑한다면 미호는 괴로운 시간을 보내고 있을 것이다.

그때 문득 대기실의 문이 열리며 환한 빛이 다가왔다.

미호.

꿈에도 보고 싶었던 미호가 마치 환상처럼 그를 향해 다가오고 있었다.

＊　　　＊　　　＊

예상했던 시간보다 30분이 빨랐다.

KO 승부가 세 번이나 있었기 때문에 UFC 470은 예상보다 빠르게 진행되었다.

세상은 재밌다.

누군가는 간절히 원하면서 시합이 빨리 시작되기를 바라겠지만 주최하는 측이나 방송국은 결코 그것을 바라지 않는다.

돈.

오늘 이곳에서 벌어지고 있는 모든 것은 돈과 연결되기 때문이다.

방송국에서는 정해진 광고를 모두 소진해야 했고 UFC 측에서는 전 세계 사람들의 이목을 끌 수 있는 강태산의 경기를 조금이라도 더 지속시키고 싶어 했다.

그랬기에 헤비급 랭킹전이 끝나고도 경기 진행자가 대기실로 들어온 것은 거의 15분이 지난 후였다.

준비하고 있던 요시다와 스태프들이 진행자의 가드를 받으며 대기실을 나섰다.

벌써부터 돔 경기장은 함성으로 뒤덮여 있었다.

대한민국이 탄생시킨 불세출의 영웅 강태산.

그의 세계 타이틀 1차 방어전이 드디어 시작되기에 관중들은 흥분을 감추지 못하고 연신 비명을 질러대는 중이었다.

요시다의 몸은 대형 일장기로 둘러진 상태였다.

이마에 두른 일장기는 마치 붉은 피를 칠해놓은 것처럼 강렬했다.

일장기로 몸을 두른 것은 요시다뿐만이 아니었다.

모든 스태프들이 모두 일장기를 둘렀기 때문에 대기실을 빠져나가는 그들은 중앙에 붉은 점을 찍어놓은 하얀 펭귄들처럼 보였다.

요시다의 출장에 맞춰 웅장한 음악이 장내에 흘렀다.

그의 출장 음악은 일본의 전통 음악인 나가우타였다.

사람의 심신을 긁어버리는 전율.

일본 특유의 비장미와 더불어 사람의 영혼을 흔들어 버리는 혼음이 울려 퍼지자 장내가 순식간에 침묵 속으로 빠져들었다.

그러다가 모든 조명이 꺼지고 출전문을 통해 요시다와 스태프들이 일장기로 온몸을 치장한 채 나타나자 관중들 사이에서 은밀한 분노의 기운이 빠르게 퍼져 나가기 시작했다.

그럼에도 관중들은 요시다를 향해 야유를 보내지 않았다.

그저 그가 옥타곤을 향해 걸어 들어오는 것을 말없이 노려볼 뿐이었다.

요시다는 옥타곤에 오르자마자 오른 주먹을 불끈 하늘로 치켜 올렸다.

자신에 찬 표정.

그럼에도 얼굴에는 웃음기가 하나도 매달려 있지 않았다.

나가우타의 비장미는 그의 얼굴에도 흐르고 있었다.

들어왔던 조명이 한꺼번에 다시 꺼진 것은 나가우타가 옥타곤의 중앙을 한 바퀴 돌고 자기 진형으로 돌아갔을 때였다.

나가우타와는 근본적으로 다른 음악.

바로 아리랑이다.

민족의 한과 설움이 가득 배어 있는 그 곡조.

느리지도, 빠르지도 않았지만 2만에 달하는 관중들이 모두 기립해서 노래를 시작하자 그 웅장함이 SF 돔 경기장을 송두리째 흔들어놨다.

그 속으로 강태산이 불쑥 들어왔다.

관중들은 함성을 지르는 대신 아리랑으로 그의 출정을 반기고 있었다.

강태산은 돔 경기장 가득 울리는 아리랑을 따라 부르며 천천히 조명 속에서 옥타곤으로 걸어갔다.

어둠에 잠긴 경기장에는 오직 그만이 조명을 받고 있었다.

어둠과 빛.

마치 그 빛은 절망 속에서 피어난 한 떨기 꽃처럼 강태산의 몸을 감싸 안은 채 그의 걸음걸음과 함께 움직였다.

어둠을 뚫고 옥타곤으로 나아갔다.

수많은 인파가 그의 모습을 보고 있었지만 강태산의 시선은 옥타곤에서 떨어지지 않았다.

그가 옥타곤에 오르자 꺼졌던 조명이 한꺼번에 들어왔다.

어둠에 젖었던 경기장이 광명을 찾자 아리랑을 따라 부르던 관중들의 입에서 참고 참았던 환호성이 울려 퍼졌다.

"강태산, 강태산, 강태산!"

승리를 염원하는 부름이다.

그들의 목소리에는 간절함이 담겨 있었고 그에 못지않은 원한과 분노도 포함되어 있었다.

안다, 저들의 마음을.

그랬기에 강태산은 두 손을 번쩍 들어 관중들을 향해 승리의 브이 자를 만들었다.

'걱정하지 않아도 됩니다. 나는 반드시 이길 테니 말입니다.'

양인석은 강태산이 출정문을 통해서 나타나는 순간부터 목소리가 격정적으로 변했다.

그동안 경기를 중계할 때의 차분한 음성은 이미 허공 저편으로 사라진 지 오래였다.

"국민 여러분, 드디어 강태산 선수가 입장하고 있습니다. 들리십니까? 지금 SF 돔 경기장에는 이만 명이 부르는 아리랑이 웅장하게 울려 퍼지는 중입니다. 태극기를 온몸에 두른 관중들의 노래 소리는 분명 강태산 선수의 승리를 염원하는 대한민국 국민들의 바람일 것입니다. 서 위원님, 저는 지금까지 수많은 경기를 중계했지만 이렇게 가슴이 벅찬 장면은 처음 봅니다. 서 위원님은 어떠십니까?"

"저절로 전율이 일어나는 장면입니다. 캐스터께서 말씀하신 것처럼 모든 관중이 한꺼번에 자리에서 일어나 아리랑을 부르는 이 풍경이 어떤 응원보다 강태산 선수에게 힘을 줄 것이라 믿어 의심치 않습니다."

"강태산 선수는 요시다와 달리 태극기를 몸에 두르지 않았군요. 그러나 태극기를 두르지 않았다 해서 강태산 선수가 대한민국을 사랑하지 않는 건 아닐 겁니다."

"요시다 선수가 일장기를 몸에 두른 것은 강태산 선수의 독도 발언에 자극받았기 때문인 것 같군요. 여기는 대한민국의 수도 서울입니다. 강태산 선수, 태극기를 두르지 않아도 됩니다. 이곳이 바로 태극기의 품속이고 강태산 선수는 태극기 아래에서 경기를 할 것이기 때문입니다."

서정설의 발언을 들으며 양인석의 고개가 크게 끄덕여졌다.

요즘 들어 자주 느끼는 것이지만 서정설에게는 사람의 마음을 묘하게 자극하는 감성이 있었다.

양인석의 입이 급하게 다시 열린 것은 조금이라도 이 상황을 그냥 넘길 수 없기 때문이다.

"강태산 선수, 당당한 걸음으로 옥타곤을 향합니다. 대한민국이 낳은 풍운아. 혜성처럼 나타나 UFC를 휩쓸고 있는 무패의 챔피언 강태산 선수입니다. 서 위원님, 강태산 선수의 얼굴은 어떻습니까?"

"괜찮은 것 같습니다. 제가 알기로 강태산 선수는 만덕체육관에서 3개월간 트레이너진과 합숙 훈련을 했다고 들었습니다. 그동안의 시합에서 알다시피 강태산 선수는 훈련량이 많지 않기로 유명합니다. 하지만, 이번에는 강훈을 한 것으로 전해지고 있습니다. 얼굴에 나타나는 붉은 기운, 구릿빛 피부, 강렬한 안광은 강태산 선수의 컨디션이 나쁘지 않다는 것을 알려주는 것입니다."

"말씀드리는 순간, 강태산 선수가 옥타곤에 오르고 있습니다. 두 손을 번쩍 치켜드는 강태산 선수를 향해 관중들의 연호가 울려 퍼집니다. 장관입니다. 강태산 선수, 팬들의 간절한 염원 속에서 반드시 승리해 주기를 바랍니다."

양인석의 얼굴은 말처럼 간절했다.

이겨줘야 한다.

대한민국을 위해서라도, 자신이 근무하고 있는 TCN을 위해서라도, 그리고 강태산을 사랑하는 한 명의 팬으로도 강태산이 이 경기를 이겨주길 간절히 바랐다.

그의 멘트가 끝나는 순간 텔레비전 화면에서 자막이 떠올랐다.

옥타곤에 오른 두 선수의 전적과 신체의 특성에 관한 것들이 비교된 화면이었다.

"강태산 선수의 전적은 언제 봐도 화려합니다. 16전 무패 16KO승을 자랑하고 있습니다. 이 전적은 UFC 역사상 한 번도 없는 전적입니다. 반면에 요시다 선수는 18전 16승 2패를 기록하고 있습니다. 2패 중 한 번이 바로 강태산 선수에게 당한 것입니다."

"그렇습니다. 일본에서 벌어진 경기에서 요시다 선수는 강태산 선수의 슈퍼맨 펀치에 KO패를 당했습니다."

"그 당시 요시다 선수는 경기 초반, 일방적으로 몰아붙이는 경기를 했습니다. 일본 측에서는 강태산 선수의 승리가 행운의 펀치로부터 비롯된 것이라 격하하는 발언을 반복하고 있죠?"

"말도 안 되는 소립니다. 요시다가 경기 초반 공격의 주도권을 가졌던 것은 사실입니다. 그러나, 강태산 선수는 치명적인 펀치를 한 대도 허용하지 않았습니다. 더군다나 후반에는 정말 일방적인 경기를 펼쳤잖습니까? 그 당시 요시다의 얼굴은 피투성이로 변해서 알아볼 수가 없을 정도였어요. 일본 측에서 그런 주장을 펼치고 있는 것은 요시다의 자신감을 북돋아 주기 위한 행동에 불과하다고 생각합니다."

"한마디로 일본 측의 주장은 말이 안 된다는 말씀이군요."

"그렇습니다."

서정설의 대답을 들은 양인석의 얼굴에서 얼핏 웃음이 피어났다.

시합 전까지는 요시다의 비책에 대한 강태산의 대처가 미흡하다는 말을 하며 불안한 표정을 지우지 못했던 서정설은 막상 해설에 들어가자 언제 그랬냐는 듯 강한 자신감을 표현하고 있었다.

그래야 한다.

어떤 불안감이 있어도 전 국민이 보는 경기에서 공식 해설자가 그것을 나타낸다면 텔레비전을 시청하는 사람들은 경기를 보는 내내 커다란 불안감을 가질 것이다.

양인석은 노련하다.

자신의 감정을 숨기고 진행하는 데는 도가 튼 베테랑 아나운서였다.

"서 위원님, 두 선수의 신체를 비교해 보면 몸무게와 키가 비슷한데 유독 요시다의 리치가 5㎝ 긴 것으로 나와 있습니다. 이것이 경기에 미치는 영향은 없을까요?"

"있겠죠. 팔의 길이가 상대보다 길다는 것은 같이 펀치를 냈을 때 훨씬 유리하다는 것을 의미합니다. 하지만, 강태산 선수는 방어력이 뛰어난 선수기 때문에 그러한 요시다의 강점을 충분히 제어할 수 있을 거라 생각합니다."

"아, 말씀드리는 순간 장내 아나운서가 양 선수를 소개하고 있습니다. 대한의 건아, 강태산. 우리는 오늘도 그의 불꽃같은 인파이팅이 승리로 이어지기를 간절히 기대합니다!"

장내 아나운서의 목소리가 카랑카랑하게 SF 돔 구장에 울려 퍼졌다.

사람을 흥분시키기에 조금의 부족함도 없는 그의 목소리는 사자의 울부짖음처럼 허공으로 비산하며 관중들을 열광의 도가니로 몰아넣었다.

아나운서가 요시다를 소개하는 동안 김 관장은 강태산의 목과 등을 마사지하며 이를 악물었다.

그 어떤 경기보다 긴장된다.

강태산이 독도를 언급하면서부터 이 경기는 목숨을 바치는 한이 있어도 반드시 이겨야 하는 전쟁이 돼버렸다.

그랬기에 그의 목소리는 비장하기 이를 데 없었다.

"태산아, 절대 방심하면 안 된다."

"알겠습니다."

"놈의 어퍼컷을 조심해야 해. 레프트 스트레이트에 이은 어퍼컷은 치명적이야."

"걱정하지 마세요. 잘할 테니까요."

"놈이 태클을 들어올 때는 언제나 왼쪽 어깨가 먼저 내려간
다는 거 잊지 마. 알겠지?"

"관장님, 물 좀 드세요. 그러다가 쓰러지겠습니다."

오히려 강태산이 김 관장을 안심시키기 위해 손에 들었던
물을 건넸다.

김 관장은 얼마나 긴장했는지 입술이 바짝 말라 있었다.

요시다의 소개가 끝나고 장내 아나운서는 이제 강태산을
소개하기 위해 손에 들었던 메모장을 넘겼다.

더욱 커진 목소리.

무적의 챔피언을 소개하는 그의 목소리는 요시다를 소개
할 때보다 훨씬 강렬했고 화려했다.

강태산을 소개하는 멘트가 시작되자 관중석에서 엄청난 환
호성이 터져 나왔다.

대한민국이 자랑하는 전투의 화신.

그 전사가 드디어 옥타곤에서 자신의 존재를 나타내는 것
이다.

포탄이 터질 듯한 함성을 뚫고 강태산에게 말을 붙인 건 김
만덕이었다.

"형, 나 장가간다."

"이놈이 또 시작이네."

"정말이다. 이번 시합 끝나고 결혼하기로 했어."

"너… 진짜야?"

"응."

"이게 죽을라고!"

"그러니까, 제발 우리 결혼 축하해 주라. 형이 지면 우린 결혼 못 해."

"아이고, 만덕아!"

"형, 나가야 된다. 소개 끝났잖아."

눈을 치켜뜨며 째려보는 강태산의 등을 김만덕이 떠밀었다.

그의 말대로 아나운서는 강태산을 향해 손을 가리키고 있었다.

강태산은 천천히 옥타곤의 중앙으로 나가 손을 치켜든 채 열화와 같은 함성을 지르는 관중들을 향해 답례를 보냈다.

영원히 끝나지 않을 것 같은 함성.

그러나, 그 함성은 심판이 양 선수를 옥타곤의 중앙으로 불러 모으면서 순식간에 침묵으로 변했다.

침이 바짝 말라 버릴 것 같은 긴장감이 SF 돔 경기장을 지배하며 사람들의 흥분을 잡아먹었다.

심판의 주의 사항을 들으며 강태산은 요시다의 눈을 흔들림 없이 바라봤다.

요시다 역시 파란 안광을 빛내며 강태산을 노려보고 있었다.

확실히 뭔가 있구나.

이렇듯 자신감이 물든 눈동자를 적에게 내보인다는 것은 철저한 준비가 되어 있다는 뜻이다.

그런 요시다를 향해 강태산은 웃음을 지어 보였다.

무엇을 준비했는지 몰라도 너의 그 자신감은 오래가지 못할 것이다.

나는 십 년을 지옥 속에서 보내며 수많은 적들을 대지 속으로 돌려보낸 야차였다.

그 적들은 만만한 자가 하나도 없었고 모두 상대의 명줄을 단박에 끊어버릴 비수를 가지고 있었다.

그런 자들 속에서 나는 공포로 군림했다.

기대된다. 네가 준비한 비책이 무엇인지 몰라도 그 선물을 즐겁게 받아주마.

강태산은 심판이 페어플레이를 해달라는 주문을 들은 후 요시다의 주먹을 가볍게 쳤다.

몸을 돌린 자신의 등으로 요시다의 차가운 눈초리가 다가오는 것이 느껴졌다.

전의.

놈은 공이 울리기 전부터 대단한 전의를 불태우고 있었다.

코너로 돌아와 어깨를 들썩이는 순간 세컨드 아웃 신호가 떨어졌고 곧이어 심판이 옥타곤의 중앙으로 나왔다.

언제나 시합을 알리는 심판의 팔은 수박을 단박에 쪼개 버리는 칼처럼 조금의 망설임도 없이 떨어진다.

강태산은 천천히 걸어 요시다를 향해 다가갔다.

처음부터 승부를 볼 생각은 없었다.

놈이 준비한 것. 그것을 확인하는 것이 우선이다.

중앙에서 맞선 요시다는 김 관장이 예상했던 것과는 전혀 다르게 물러서지 않았다.

그렇다고 접근한 것도 아니다.

왼쪽으로 돈다.

그리고 정확하게 레프트 잽을 던져왔다.

쉬익.

주먹을 올려 가딩을 했으나 놈의 레프트 잽은 창처럼 날아와 찌른 후 빠르게 돌아갔다.

반응을 하기에 늦다.

레프트 잽을 찌른 후 요시다는 어느샌가 왼쪽으로 한 발자국 돌아 나간 상태였다.

뒤로 물러서지 않으니 몰 수도 없다.

놈을 잡기 위해서라면 접근전을 해야 하는데 놈은 왼쪽으로 빙빙 돌며 끊임없이 레프트 잽을 찔렀다.

가딩을 뚫고 들어오는 레프트 잽.

스쳐 맞았는데도 그 날카로움이 대단했다.

예전 시합에서 봤던 것과는 전혀 다른 강도의 레프트 잽이었다.

이놈, 나를 잡기 위한 것 중의 하나가 레프트 잽이었을까?

요시다의 레프트 잽이 돌아 나가는 순간을 따라가며 레프트 훅으로 변했다.

하지만, 주먹은 허공을 스치며 돌아왔을 뿐이다.

눈을 지그시 오므렸다가 요시다의 움직임을 다시 확인했다.

단 한 번의 공격으로 놈이 준비한 전략이 단순한 레프트 잽이 아니란 것을 알 수 있었다.

거리 싸움.

놈은 긴 리치를 이용한 거리 싸움으로 강태산의 인파이팅을 제어하려는 전략을 쓰는 게 분명했다.

강태산은 요시다의 방향 전환에 따라 몸을 돌리며 천천히 접근했다.

하나는 알았다.

그렇다면 다른 것은 무엇일까.

독도를 언급한 후 대한민국 국민들의 관심은 온통 그의 승리뿐이었다.

내공을 쓰지 않기로 결심한 이상 조금의 방심도 있을 수 없다.

남은 것들을 알아야 한다.

적이 준비한 모든 것을 파악한 후에야 놈을 부수는 것이 수순이다.

그랬기에 강태산은 요시다의 날카로운 잽을 방어하면서 꾸준히 접근했다.

얼마의 시간이 지났을까.

요시다의 왼쪽 어깨가 움찔하는 것을 보며 고개를 비트는 순간 놈의 오른쪽 킥이 발목을 향해 순식간에 날아왔다.

방심한 것은 아니었으나 요시다의 공격이 너무 의외였기에 앞으로 내밀었던 왼쪽 다리가 그대로 놈의 공격에 직격당했다.

찌릿하는 통증이 왼쪽 발목부터 전달되며 그대로 장딴지까지 올라왔다.

그러나 강태산은 그대로 전진하며 놈의 복부를 향해 좌우 보디블로를 때렸다.

또다시 스쳐 지나갔지만 강태산은 서늘한 시선으로 요시다의 움직임을 놓치지 않았다.

두 번째.

레프트 잽을 던지는 척 페인팅을 걸면서 균형을 지탱하는 왼쪽 발목을 노린다.

단 한 번의 공격을 받았지만 꽤나 큰 충격을 받았다.

이대로 놈의 의도대로 경기를 진행했다가는 대미지가 쌓일 가능성이 컸다.

그럼에도 강태산은 꾸준히 전진하며 요시다를 압박했다.

꽤 좋은 전략이다.

정확한 거리 싸움으로 인파이팅을 무력화하고 긴 리치를 이용한 강력한 레프트 잽과 칼날 같은 로우킥을 조합시키니 쉽사리 접근하지 못할 만큼 위력적이었다.

더군다나 요시다는 빠른 스텝으로 잠시도 한 자리에 있지 않았다.

정신없이 움직이는 정교한 스텝과 레프트 훅의 조화, 언제 날아올지 모르는 로우킥.

까다롭다.

하지만 강태산은 놈이 준비한 한 가지를 더 확인해야 했다.

놈은 인터뷰에서 자신 있게 세 가지를 준비했다고 했으니 그 마지막이 무엇인지 확인할 필요성이 있었다.

기다린다.

놈은 과연 무엇을 기다리고 있는 것일까.

인파이팅을 한다고 해서 방어를 소홀히 하는 건 아니다.

상대의 움직임을 쫓아 끊임없이 움직이는 것.

그것이 바로 인파이팅의 기본이지만 상대가 이렇게 거리 싸움을 하면서 타격 범위 밖을 맴돈다면, 그리고 창처럼 날카로운 잽과 순간순간 날아드는 강력한 콤비네이션 스트레이트를 퍼 붓는다면 방어를 위해 최선을 다해야 한다.

그럼에도 강태산은 요시다가 돌아 나가는 왼쪽을 향해 전진하며 간간이 좌우 훅을 날리는 걸 잊지 않았다.

훈련량이 얼마나 대단했는지 요시다의 스텝을 보면 알 수 있다.

요시다는 강태산의 주먹이 나오는 것을 잽을 통해 차단했고 그 잽을 접으며 접근하면 가차 없이 후퇴했는데 그 속도가 마치 표범처럼 날랬다.

경기를 시작한 지 일 분이 지났지만 요시다는 무언가를 기다리고 있는 것 같았다.

놈의 로우킥을 한 번 맞은 이후로는 다리를 내어주지 않았다.

요시다가 준비한 로우킥의 목표는 발목.

발목을 연속으로 맞으면 균형이 허물어질 정도로 충격을 받기 때문에 철저하게 방어할 필요성이 있었다.

요시다의 훈련량은 위빙과 더킹에서도 나타났다.

강태산의 원거리 공격을 피하는 놈의 방어는 정확히 펀치의 거리를 계산하고 있었다.

강태산의 접근이 위력적이지 않다는 것을 확인한 후부터 요시다의 몸놀림은 더욱 경쾌해졌다.

쉬익, 쐐액… 쉬익!

절대 무리하지 않은 상태에서 거리를 두고 던지는 원투 스트레이트. 그리고 복부 공격.

똑같은 패턴의 공격과 방어.

지금까지 봐왔던 강태산의 불꽃같은 인파이팅은 요시다의 거리 싸움에 막혀 전혀 효과를 보지 못하고 있었다.

이 분이 지날 동안 경기가 요시다 쪽으로 유리하게 진행되자 잔뜩 긴장한 채 지켜보던 관중들이 술렁이기 시작했다.

강태산의 승리를 기원하는 관중들의 함성은 점점 잦아들었고 대신 그들의 얼굴에 불안감이 깃들었다.

입술 끝이 올라갔다.

놈이 쉽게 보여주지 않는 세 번째 비책.

그것이 뭔지를 확인하려 했지만 놈은 뭔가를 기다리기만 할 뿐 똑같은 패턴을 구사하며 옥타곤을 맴돌았다.

이젠, 안 된다.

놈이 무엇을 준비했든 더 이상 관중들을 실망시키고 싶지 않았다.

그랬기에 강태산은 놈을 몰던 걸음을 잠깐 멈추고 고개를 좌우로 꺾으며 뒤로 물러났다.

거리 싸움이 까다로운 건 사실이지만 그것을 깨는 방법을 강태산은 이미 알고 있었다.

그것은 바로 순간 스피드.

원거리에서 창으로 공격해 오는 무림 고수들을 고혼으로 만든 것은 창끝을 회피하는 방어술과 속도였다.

그리고 강태산은 창술의 대가들을 모두 고혼으로 만들어 버렸던 접근전의 대가였다.

뒤로 물러섰던 강태산의 걸음이 움직였다.

그러나 그의 움직임은 지금까지와는 근본적으로 달랐다.

요시다를 향해 다가가는 스텝.

빠르게 쏟아지는 레프트 잽을 흘리면서 강태산은 돌아 나가는 요시다를 향해 폭발적으로 뛰어들었다.

강한 좌우 훅.

거리 싸움을 하면서 그동안 타격을 흘려냈던 요시다의 가딩 위로 강태산의 펀치가 그대로 적중했다.

급히 좌측으로 돌아 나가는 요시다의 스텝은 눈부시게 빠른 것이었으나 강태산의 스텝은 그에 못지않았다.

접근전.

거리를 한순간에 압축시키는 인파이팅이 펼쳐지기 시작하

였다.

　요시다는 뒤로 물러나면서도 레프트 잽과 라이트 훅에 이은 스트레이트를 연사시키며 반격을 시도해 왔지만 한번 시작된 강태산의 러시를 멈출 수는 없었다.

　쾅, 쾅!

　난사.

　강태산의 스트레이트와 훅이 빗발치듯 요시다의 전신을 향해 날아갔다.

　반격에 반격.

　요시다의 주먹들이 무차별적으로 쏟아졌으나 그것은 강태산이 원했던 것들이었다.

　난타전이 시작된다는 것은 놈이 준비한 거리 싸움이 깨졌다는 걸 의미하기 때문이었다.

　강태산의 공격이 시작되자 조용해졌던 관중들의 입에서 언제 그랬냐는 듯 함성이 터지기 시작했다.

　특유의 무차별 인파이팅이 펼쳐지자 줄곧 공격을 하던 요시다가 거리 싸움을 포기하고 급격하게 밀려났다.

　하지만 강태산의 눈을 서늘하게 가라앉아 있었다.

　요시다의 눈은 여전히 무언가를 기다리며 강태산의 공격을 회피했다.

　보여라, 요시다.

네가 준비한 마지막 비책을 기다리는 것은 두려움 때문이 아니라 그것을 깨뜨려 너의 영혼을 말살하기 위함일 뿐이다.

강태산은 지금까지의 신중함을 버리고 먹이를 노리는 맹수가 되어 있었다.

요시다가 여전히 살아 있는 스텝으로 빠져나갔으나 강태산의 속도는 그의 움직임을 놓치지 않고 끊임없이 움직였다.

왼쪽으로 돌아 나가는 요시다의 복부를 향한 레프트 보디가 가드를 뚫고 정확하게 꽂혔다.

주춤.

요시다의 스텝이 복부에 적중된 후 잠시 멈칫거리는 게 느껴졌다.

그 순간을 놓치지 않았다.

좌우 양 훅을 풍차처럼 놈의 면상에 작렬시켰다.

한번 시작된 공격은 절대 그쳐지지 않는다.

요시다의 가딩에 양 훅이 막히는 순간 강태산의 어퍼컷이 기다렸다는 듯이 솟구쳤다.

콰앙.

어퍼컷은 정확하게 요시다의 가드를 뚫고 들어갔다.

고개가 들리는 것이 보였다.

충격을 받았든 그렇지 않든 놈은 방어를 공고히 하기 위해 후퇴할 게 분명했다.

그랬기에 강태산은 앞으로 치고 들어가며 양 훅을 날리려 했다.

요시다가 갑작스럽게 앞으로 다가온 것은 바로 그때였다.

뒤로 물러날 것이라 예상했던 요시다는 강태산의 레프트 훅을 더킹으로 피한 후 번개처럼 몸을 날려 허리를 끌어안았다.

앞으로 전진하던 때였기에 태클에 대한 방어를 염두에 두지 않았던 것이 실수였다.

균형이 무너지면서 다리가 흔들렸고 허리를 잡은 요시다의 발에 의해 몸이 뒤로 물러났다.

재미있군.

네가 준비한 마지막 비책이 이것인 모양이구나.

요시다의 얼굴이 쓰러지는 자신을 보면서 웃는 것이 생생하게 보였다.

쓰러지는 순간이었으나 정확하게 놈의 웃음을 볼 수 있었다.

놈은 자신의 위에 있었고 자신의 몸은 요시다의 체중에 의해 눌려지면서 옥타곤의 바닥을 향했다.

이대로 놈에게 눌리며 파운딩을 허용하게 될 것이 분명했다.

그렇게 하지는 않는다.

여기는 서울이고 수많은 대한민국의 국민들이 보는 앞에서 너에게 깔리는 치욕은 절대 허락하지 않을 것이다.

강태산은 요시다의 몸이 누르는 가속도를 이용해서 오히려 자신의 몸을 빠르게 뒤로 눕혔다.

단 한순간.

놈에게 상위 포지션을 허락하지 않기 위해서는 바닥에 떨어지는 그 순간을 이용해야 했다.

강태산은 바닥에 뒹굴면서 몸을 틀었다.

요시다의 양팔이 그의 허리를 잡고 있었으나 떨어지는 순간 놈의 왼팔이 바닥에 충격을 받도록 만들었다.

그리고 오른쪽 다리를 들어 올리며 오히려 요시다의 몸통을 감았다.

무림에서 쓰는 이화접목의 수법.

공격은 요시다가 했으나 바닥에 깔린 것은 오히려 강태산이 아니라 요시다였다.

파운딩은 하지 않았다.

그저 차가운 웃음을 지은 채 자신의 체중에 눌려 바닥에서 버둥거리는 요시다를 잠시 노려볼 뿐이었다.

요시다가 방어를 하기 위해 묶어놓은 다리를 빼는 것은 일도 아니었다.

상체를 세운 후 오른쪽 팔꿈치로 놈의 장딴지를 두 번 직격하자 힘이 풀리는 게 느껴졌다.

천천히 일어났다.

관중들 속에서는 끝내라는 함성이 끊임없이 울려 퍼지고 있었지만 강태산은 몸을 일으켜 세운 후 요시다를 향해 손을 까딱거렸다.

심판이 중간에 끼어들었고 요시다가 몸을 일으켜 세웠다.

아쉬워하는 눈빛.

요시다는 태클이 실패한 것에 대해 무척 아쉬워하며 천천히 일어났다.

크크크.

강태산이 그런 놈을 바라보며 웃음을 지었다.

그래, 너희들 머리에서는 그렇게 생각할 수도 있었겠구나.

그동안 거의 그라운드에서 경기를 하지 않았으니 타카타도장의 트레이너진은 강태산을 무너뜨리는 마지막 기술로 태클을 선택한 것이 분명했다.

슬쩍 고개를 돌려보니 요시다의 세컨드에서 바닥을 두들기며 안타까워하는 것이 보였다.

또다시 웃음이 흘러나왔다.

너희들은 내가 그라운드 기술이 약하다고 생각해서 결정적인 순간을 기다렸던 모양인데 그것이 얼마나 잘못된 생각인지 지금부터 보여주마.

강태산이 옥타곤의 중앙으로 이동하자 요시다가 천천히 다가왔다.

놈은 강태산이 그라운드를 피하기 위해 몸을 일으킨 것이라 오해할 게 분명했다.

강태산은 전진했다.

그리고 요시다의 태클을 똑같은 방법으로 두 번이나 더 무력화시켰다.

안 된다는 것을 보여주고 싶었다.

요시다가 준비한 모든 것이 얼마나 부질없는 짓인지 똑똑히 보여주기 위해 당해준 것이었다.

경기는 이제 시작한 지 4분이 넘어가고 있었다.

그때부터 강태산은 세 번의 태클이 모두 실패로 돌아가자 무섭게 안색이 굳어진 요시다를 향해 폭풍 같은 질주를 시작했다.

거리 싸움은 이제 의미가 없었다.

요시다의 잽이 나오는 순간 강태산의 강력한 라이트 훅이 마중 나가듯 요시다의 얼굴로 향했다.

서로 맞았지만 뒤로 물러선 것은 요시다였다.

아무리 날카로운 잽이라도 강태산이 작정하고 때린 라이트 훅과 강도를 비교한다는 건 말도 안 되는 일이다.

주춤 물러서는 요시다를 따라 들어가며 강태산의 오른쪽

미들킥이 날아갔다.

퍼억.

마치 도끼로 고목나무를 패는 것과 같은 강력함.

요시다가 반응을 일으키며 왼팔을 내렸기 때문에 정확하게 들어가지 않았지만 흘려 맞았는데도 허리가 굽어지는 게 보였다.

강태산은 그때부터 집요하게 요시다의 복부를 때렸다.

놈의 스텝을 무디게 만들기 위해선지 그는 창처럼 터지는 스트레이트를 맞아가면서까지 복부에 강력한 주먹을 꽂아 넣었다.

치고받는 난타전.

언뜻 보기에는 요시다가 유리한 것처럼 보였으나 시간이 지나자 결과는 전혀 다르게 나타났다.

불과 삼십 초가 지났을 뿐인데도 요시다의 다리는 무거운 추를 달아놓은 것처럼 둔해지기 시작했다.

미친놈처럼 날뛰던 요시다의 발이 묶이는 순간부터 강태산의 주먹이 바뀌었다.

전열을 정비하듯 잠깐 물러났던 강태산의 레프트 잽이 가동되었다.

요시다의 발이 묶인 이상 거리는 이제 강태산이 원한 대로 조절될 수 있었다.

쉬익!

강태산 특유의 레프트 잽.

요시다의 레프트 잽이 창처럼 날카로웠다면 강태산의 레프트 잽은 마치 화살처럼 정확했고 파괴적이었다.

철저하게 가드를 하면서 강태산의 레프트 잽을 막기 위해 안간힘을 썼으나 세 번에 한 번꼴로 머리가 흔들거렸다.

강태산은 레프트 잽 하나로 요시다의 안면을 철저하게 망가뜨리기 시작했다.

레프트 잽에 이은 보디 공격.

원거리에서 터지는 라이트 훅.

요시다가 이를 악물고 반격을 했으나 다리가 묶인 그의 공격은 강태산을 위협하기에 부족했다.

강태산은 뒤로 물러나는 요시다를 천천히 따라 들어가면서 레프트 잽을 다시 던졌다.

철저하게 가딩을 하고 있었으나 그의 잽은 가딩을 뚫고 요시다의 안면을 훑은 후 빠져나왔다.

이미, 요시다의 얼굴이 피로 물들기 시작했다.

강태산의 오른쪽 로우킥이 터진 것은 어깨가 움찔하는 걸 본 요시다가 레프트 잽이 나오는 줄 알고 왼쪽으로 돌면서 가드를 올릴 때였다.

강태산의 로우킥이 노린 것은 요시다의 왼쪽 발목.

경기를 시작하면서 요시다가 비장의 무기로 강태산을 괴롭혔던 것이었다.

그대로 돌려준다.

네가 나한테 했던 모든 것들을.

요시다가 발목에 충격을 받고 비틀거렸지만 강태산은 더 이상 공격을 하지 않고 뒤로 빠져나왔다.

삐잉!

부저가 길게 울리며 1라운드가 끝났다는 신호를 보내왔기 때문이었다.

"허어, 공이 살렸군. 아깝네, 정말 아까워."

박무현 대통령은 강태산의 맹공격에 어쩔 줄 모르고 휘청이던 요시다가 공이 울리면서 코너로 돌아가는 모습을 보면서 무릎을 쳤다.

일요일.

박무현 대통령에게는 일요일 한낮의 평온이 찾아보기 어려운 일이었다.

대통령이 된 이후 지금까지 주말을 쉬어본 적이 거의 없었다.

국가를 책임지는 막중한 자리에 오른 이상 온 힘을 기울여 일해야 된다는 그의 지론 때문에 박무현 대통령은 물론이고 참모진들은 거의 매주 주말에도 출근을 해야 했다.

더군다나 근래에 들어와서는 워낙 위중한 사안들이 많았기 때문에 박무현 대통령은 편하게 쉰 적이 없었다.

그런 대통령이 작정을 한 것처럼 일요일 오후 일정을 모두 비우고 텔레비전 앞에 앉은 것은 아마도 대한민국 국민들의 이목이 모두 쏠려 있는 이 시합만큼은 반드시 봐야 한다는 생각을 가졌기 때문일 것이다.

텔레비전에 앞에 두고 집무실에 앉은 사람은 대통령과 비서실장 둘뿐이었다.

박무현 대통령은 다른 사람에게 감정을 쉽게 드러내지 않는 사람이었다.

그럼에도 강태산의 경기가 시작된 후부터는 연신 한숨과 탄성을 흘려냈다.

비록 비서실장이 그의 수족 같은 측근이라 하지만 이 정도로 대통령이 감정을 나타내는 건 처음 있는 일이었다.

그랬기에 비서실장의 얼굴에서 오랜만에 웃음꽃이 피어났다.

"대통령님, 어쩐 일이십니까?"

"뭐가 말이오?"

"저는 대통령님께서 격투기를 좋아한다는 걸 이번에 처음 알았습니다."

"좋아해서 보는 거 아닙니다."

"그럼요?"

"독도를 잃을까 봐 보는 거죠. 강태산 저 친구가 독도를 걸었잖아요."

"하하, 그렇군요."

비서실장이 대통령의 대답에 유쾌하게 웃었다.

대통령도 자신이 말해놓고 웃겼던지 얼굴에서 미소를 지어냈다.

"처음에는 불리한 것 같던데 마지막에는 대단했어요. 저 친구 지진 않겠지요?"

"강태산을 보고 사람들이 야차라고 부른답니다."

"야차요?"

"야차는 팔부신장의 하난데 하늘에서 떠다니며 인간들을 잡아먹는 귀신이랍니다. 대통령님께서 이번 경기를 보신다기에 강태산 선수가 그동안 경기했던 모습을 찾아봤더니 왜 그런 별명을 얻었는지 알겠더군요."

"실장님은 늘 사람을 궁금하게 만드는 재주가 있어요. 빨리 말해봐요. 궁금하니까."

"강태산과 시합한 선수들은 모두 얼굴이 엉망이 되었습니다. 그야말로 피로 범벅이 될 정도로 때린 것이죠. 저 친구는 단 한 방으로 경기를 끝내지 않았습니다. 끝없이 전진하면서

상대방이 초주검에 달할 때까지 싸우는데 충분히 야차라고
불릴 만했습니다."

"그래서요?"

"이제 강태산 선수가 상대방을 파악한 모양입니다. 그러니
대통령님, 남은 경기는 편하게 보셔도 될 것 같습니다."

*   *   *

양인석은 1라운드 종이 울리자 물부터 찾았다.

얼마나 소리를 질러댔는지 목이 아플 지경이었다.

관중들도 마찬가지였다.

관중들은 1라운드가 끝난 후에 자리에 앉아 있지 못하고
있었는데 벌써 녹초가 된 것 같았다.

긴장과 흥분은 요시다가 일방적으로 강태산을 몰아붙이면
서 더없는 불안감으로 변했었다.

그러나 1라운드 막판에 들어서면서 터지기 시작한 강태산
특유의 불꽃같은 인파이팅은 단 1분만으로 모든 관중들을 열
광의 도가니로 몰아넣었다.

아직도 흥분이 가라앉지 않는다.

화면에는 쉬는 시간을 이용해서 광고가 흘러나가고 있었지
만 양인석은 물을 벌컥벌컥 마신 후 벌겋게 달아오른 얼굴로

서정설을 바라봤다.

"서 위원, 어때?"

"뭐가?"

"경기가 어떻게 진행될 것 같냐고?"

"아까도 말했지만 요시다가 준비한 건 전부 나온 것 같아. 강태산 저놈 정말 무서운 놈이야."

"왜?"

"경기 초반에 공격을 하지 않은 건 요시다가 준비한 무기들을 확인하기 위해서였던 게 분명해."

"냉정하게 경기를 보고 있었다는 말이구나."

"아무런 준비도 하지 않았다고 해서 초조해했더니 이건 뭐, 사람 바보 만들어 버리는구만."

"이기겠지?"

"강태산의 경기가 시작되었다. 저놈 한번 시작하면 못 말려. 걱정하지 마. 이 경기는 분명 강태산이 이긴다."

서정설이 자신 있는 목소리로 말하자 양인석의 얼굴이 밝게 펴졌다.

그런 후 옆쪽에서 중계방송을 하고 있는 일본 캐스터와 해설자를 보면서 고소하다는 듯 중얼거렸다.

"저 씨발놈들 아까는 자신만만하더니 표정이 똥 씹은 얼굴로 변했네."

"쟤들도 감을 잡았겠지. 강태산이 시작했으니 요시다는 절대 그냥 옥타곤을 내려오지 못할 거다. 지금까지 그래왔잖아."

"그랬으면 원이 없겠다. 아우, 그런데 왜 불안하냐. 씨발, 빨리 끝났으면 좋겠어."

"큰소리는 쳤지만 사실 나도 불안해. 경기는 끝나봐야 아는 거라서 지금도 가슴이 콩닥콩닥 뛴다."

"준비해라. 2라운드 시작되는 모양이다."

서정설이 가슴을 쓸어내리는 모습을 보다가 양인석이 PD의 사인에 맞춰 의자를 바짝 당겼다.

그는 언제 그랬냐는 듯 진중한 목소리로 2라운드의 시작을 알리고 있었다.

강태산은 자리에 앉아 김 관장의 마사지를 받으며 물을 마시다가 심판이 걸어 나오는 걸 확인하고 천천히 몸을 일으켰다.

김 관장의 입술은 여전히 말라 있었는데 링 사이드에서 소리를 얼마나 질렀던지 음성이 쉿소리로 변해 있었다.

"태산아, 1라운드는 잘했다. 하지만 방심하면 안 돼. 저놈 어퍼컷을 조심해야 해."

"관장님, 오늘 삼겹살에 소주 한잔합시다."

"인마, 아직 시합 안 끝났어. 헛소리하지 말고 정신 똑바로 차려!"

"이번 라운드에서 끝낼 테니 걱정하지 마세요. 그동안 시합 준비하느라 그 좋아하는 소주도 못 마셨으니 어디로 갈 건지 만덕이랑 상의해 놓으세요."

"우와, 형. 그건 걱정하지 말고 경기나 잘 마무리해. 지금이 어떤 땐데 그런 소릴 하냐!"

강태산이 엉뚱한 소리를 하자 열심히 몸을 닦아주던 김만덕이 소리를 버럭 질렀다.

수많은 관중들의 환호.

비록 1라운드의 종반부터 요시다를 몰아붙이고 있었지만 아직 경기는 끝나지 않았고 1라운드의 채점에서도 불리한 상황이었다.

그런데도 강태산의 얼굴에는 여유가 흘러넘치고 있었다.

그는 김만덕의 고함 소리를 들으며 천천히 옥타곤으로 걸어 나갔다.

반대쪽에서 나오는 요시다의 얼굴은 시퍼렇게 멍이 들어 있었는데 피는 말끔하게 닦인 상태였다.

심판의 시합 개시 신호에 맞춰 강태산은 불끈 접근하며 강한 라이트 훅을 때렸다.

기선 제압.

놈의 눈은 새파랗게 살아 있었으나 머릿속에는 예전의 기억이 생생하게 떠오르고 있을 것이다.

가드로 막으며 왼쪽으로 돌아 나가는 요시다를 향해 강태산이 레프트 보디블로를 꺼냈다.

그 순간을 이용해서 요시다의 라이트 스트레이트가 빠르게 다가왔지만 강태산은 작정한 듯 레프트 보디블로를 끝까지 작렬시켰다.

맞고 때렸다.

하지만 물러난 건 요시다였다.

분명 1라운드부터 공격당한 복부에 문제가 있었던 모양이었다.

강태산은 물러나는 요시다를 그냥 두지 않았다.

미친 듯 뛰어다니던 요시다의 스텝은 복부 공격으로 무뎌진 상태였기 때문에 강태산의 순간 스피드를 피하는 건 불가능에 가까운 일이었다.

강태산은 머리를 요시다의 턱밑까지 붙인 후 또다시 좌우 보디를 공격했다.

요시다가 완벽하게 커버링을 한 채 날카롭게 어퍼컷을 날려왔으나 강태산은 보디 공격을 포기하지 않았다.

연속되는 좌우 훅.

집요하게 보디를 때리는 강태산의 주먹은 마치 쇠뭉치처럼 무겁게 요시다를 위협하며 끊임없이 가동되었다.

와아, 와아!

옥타곤의 중앙에서 맞붙은 두 선수가 미친 듯 펀치를 주고 받자 관중들이 펄쩍펄쩍 뛰었다.

요시다를 응원하기 위해 일본에서 날아와 한쪽에 자리를 잡은 일본 관중들은 물론이고 SF 돔 경기장을 가득 채운 대한민국 관중들과 제3국 사람들도 모두 자리에서 일어난 상태였다.

강태산의 주먹이 보디에서 요시다의 안면으로 올라가기 시작한 것은 그의 가딩이 내려오는 것을 눈으로 확인한 후부터였다.

요시다는 보디에 충격을 받았는지 완벽하게 커버하던 가드를 복부 쪽으로 내리고 있었다.

칼 같은 좌우 스트레이트와 어퍼컷 콤비네이션을 젖혀 버린 강태산의 라이트 훅이 정확하게 요시다의 얼굴에 꽂혔다.

비틀.

왼쪽으로 방향을 잡은 채 끝없이 펀치를 내면서 물러서지 않던 요시다가 그 한 방으로 인해 비틀거리며 두 걸음 물러났다.

강태산의 러시가 시작된 것은 그때부터였다.

맹수는 먹이를 잡을 때 조금의 사정도 봐주지 않는 법이다.

레프트 잽에 이은 라이트 스트레이트.

마치 단거리 미사일이 터지는 것처럼 강태산의 주먹이 요시다의 안면을 흔들어놨다.

술 먹은 사람처럼 요시다가 뒤로 물러서는 것을 보면서 강태산이 공중으로 뛰어올랐다.

플라잉 니킥.

급히 요시다가 가드를 끌어올렸으나 강태산의 무릎은 가딩을 뚫고 들어갔다.

피가 튀었다.

무릎에 직격된 요시다의 눈이 길게 찢어지며 피가 흐르기 시작했다.

피, 피!

요시다가 흘리는 피의 궤적을 따라 강태산의 몸이 바짝 붙었다.

풍차처럼 터지는 엘보.

강태산의 양 팔꿈치가 잔뜩 웅크리고 있는 요시다의 얼굴을 향해 사정없이 작렬했다.

가드도 소용이 없었다.

팔꿈치의 위력은 요시다의 가딩을 뚫고 들어가며 얼굴을 만신창이로 만들어 버렸다.

그럼에도 요시다는 옥타곤의 철망에 기대어 끊임없이 펀치를 냈다.

요시다만 맞은 것이 아니었다.

아직 정신이 살아 있었던지 요시다는 강태산의 공격을 받으면서도 특유의 어퍼컷과 스트레이트를 뿜어내며 악착같이 반격을 가해왔다.

강태산은 요시다가 던진 스트레이트를 맞은 후 뒤로 물러났다.

충격을 받았기 때문이 아니라 잠시 숨을 고르기 위함이었다.

요시다의 얼굴은 피범벅이 되어 마치 상처 입은 짐승을 보는 것 같았다.

잠시 물러섰던 강태산이 다시 러시를 시작한 것은 절망에 몰렸던 요시다가 한 발자국 앞으로 나올 때였다.

강태산 특유의 레프트 잽이 다시 작동하기 시작했다.

언제 난타전을 벌였냐는 듯 강태산은 자신의 거리를 확보한 후 화살 같은 레프트 잽을 요시다의 안면에 적중시켰다.

완벽했던 가드는 많이 무너진 상태였기에 요시다의 고개는 강태산이 레프트 잽이 던질 때마다 수초처럼 흔들렸다.

보여줄 만큼 보여줬다.

나의 경기는 언제나 관중들의 피를 뜨겁게 만들 만큼 화끈하고 뜨거워야 하기에 2라운드에 들어 3분이 지날 동안 피가 튀는 난타전을 펼쳤다.

이 정도면 되었다.

그리고 지금부터는 일본의 영웅이라는 요시다를 철저하게 망가뜨릴 생각이었다.

다시 터진 레프트 잽.

언제 봐도 강태산의 레프트 잽은 일품이다.

화살처럼 쏘아진 레프트 잽에 의해 요시다의 얼굴이 들리자 강태산은 곧바로 라이트 보디블로를 때렸다.

퍽!

전혀 예상치 못했던 공격.

그 공격에 요시다의 허리가 반쯤 접혀졌다가 일어나는 것이 보였다.

충격이 컸을 것이다.

그럼에도 버티는 것은 요시다의 정신력이 아직까지 살아 있다는 것을 의미했다.

강태산은 요시다의 라이트 훅을 피하며 슬쩍 물러섰다.

요시다의 펀치는 빈 허공을 가른 후 회수되고 있었다.

이를 악문 모습.

요시다는 이를 악문 채 강태산을 노려보며 새파란 안광을 뿜어내는 중이었다.

안다, 그 마음.

그러나 피에 물든 너의 얼굴처럼 네 심장도 갈갈이 찢길 것이다.

강태산은 자신을 노려보는 요시다를 향해 불끈 다가갔다.

아직도 투지를 불사르는 요시다의 눈빛이 마음에 들지 않았다.

번개처럼 터진 레프트 보디블로와 라이트 스트레이트.

정확히 꽂힌 펀치에 요시다의 마우스피스가 튀어나갔다.

마우스피스가 빠졌다고 그냥 둘 강태산이 아니었다.

다시 터지는 양 훅.

강태산의 주먹에 요시다가 정신없이 물러섰다.

요시다가 이렇게 맥을 못 추는 건 강태산이 수시로 가격한 보디 공격 때문이다.

보디 공격은 정신이 살아 있어도 몸을 경직시켜 버리는 충격을 준다.

강태산이 향해 태클을 들어간 것은 왼쪽 보디 공격에 충격을 받은 요시다의 허리가 굽어질 때였다.

똑같은 방법.

그렇다. 요시다가 강태산을 쓰러뜨리기 위해 했던 기술과 똑같은 태클이었다.

강태산은 피했으나 요시다는 그렇지 못했다.

허리는 균형의 중심.

허리가 균형을 잃는다는 건 격투기에서 목숨을 잃는 것과 다를 바가 없는 것이다.

요시다를 바닥에 쓰러뜨린 강태산은 발버둥 치는 다리를 제압한 후 곧장 풀 마운트로 올라갔다.

풀 마운트는 쓰러진 상대의 가슴을 제압했다는 것을 말한다.

완벽한 무장해제.

강태산은 가슴을 깔린 채 밑에서 주먹질을 하는 요시다를 무심한 눈으로 바라보았다.

그런 후 천천히 손을 들어 요시다의 뺨을 때렸다.

한 대, 두 대, 세 대.

쫙, 쫙!

강태산의 손바닥에 의해 요시다의 얼굴이 돌아갔다.

주먹으로 때린 것은 아니었으나 강태산의 손바닥에 의해 요시다의 얼굴은 만신창이로 변해갔다.

"요시다, 다시 한 번 말해봐라. 독도가 누구 땅이냐!"

양인석은 자리에서 벌떡 일어났다.

하지만 일어난 것은 그뿐만이 아니었다.

옆에 있었던 서정설은 캐스터인 양인석보다 더 빨리 일어났는데 마치 자기의 본분인 해설자의 위치를 망각하기라도 한 듯 미친 사람처럼 소리를 질러대고 있었다.

"강태산 선수, 요시다를 쓰러뜨리고 풀 마운트로 올라갔습니다. 정말 예상외의 일이 벌어지고 있습니다."

서정설이 거품을 물자 뒤늦게 일어난 양인석이 뒤지지 않겠다는 듯 고래고래 소리를 질렀다.

"연속되는 공격. 아, 그런데 이상합니다. 주먹이 아니라 손바닥 공격입니다. 마치 뺨을 때리는 것처럼 강태산 선수 요시다를 압박하고 있습니다."

"일반인들이 때리는 것과는 다릅니다. 강태산 선수의 손목을 보십시오. 정확하게 각도가 살아 있지 않습니까. 저런 손바닥 공격은 주먹에 못지않은 파괴력을 가지고 있습니다."

"요시다 선수. 강태산 선수의 파운딩에 어쩔 줄을 몰라 하고 있습니다. 요시다, 거의 그로기 상태입니다."

"말려야 합니다. 저거… 저, 큰일 나겠는데요."

"아, 말씀드리는 순간. 심판이 달려듭니다! 요시다 선수, 완전히 정신을 잃었습니다! 전국에 계신 시청자 여러분. 강태산 선수가 이겼습니다! 기뻐해 주십시오! 강태산 선수가 또다시 KO승을 거뒀습니다!"

"강태산 선수, 정말 대단합니다. 저 선수를 누가 이길 수 있단 말입니까. 정말 전율이 일어날 정도로 강합니다."

"강태산 선수, 손을 번쩍 치켜들어 자신의 승리를 확인하고 있습니다. 들리십니까, SF 돔 경기장을 가득 채운 관중들의 환호 소리가! 돔 경기장은 지금 온통 축제의 현장으로 변하고 있습니다."

화면이 옥타곤에서 잠시 관중석으로 향했다.

태극기의 물결이 파도처럼 넘실거렸다.

모든 관중들은 자리에서 일어나 강태산의 승리를 기뻐하고 있었는데 서로를 끌어안은 채 기쁨에 겨워 태극기를 정신없이 흔들어대는 중이었다.

화면이 다시 옥타곤으로 향했다.

옥타곤에는 수많은 사람들이 들어와 있는데 한쪽은 승리로 인해 웃음꽃이 만발했고 나머지 한쪽은 장례식장을 보는 것 같았다.

양인석이 다시 입을 연 것은 화면이 쓰러진 요시다를 잡았을 때였다.

"요시다 선수. 괜찮을지 모르겠습니다. 아직도 정신을 차리지 못하고 있군요."

"바닥이 온통 피로 물들었습니다. 요시다 선수. 엄청난 충격을 받은 것 같습니다."

"얼굴이 엉망으로 변했습니다. 서 위원님, 저 정도면 위험하지 않을까요?"

"글쎄요. 경과를 지켜봐야 할 것 같습니다. 아, 다행스럽게 정신을 차렸군요. 링 닥터가 괜찮다는 신호를 보내고 있습니다."

서정설이 자신도 모르게 한숨을 흘려냈다.

선수 생활을 했고 오랜 세월을 해설자로 지냈으니 링 닥터의 신호를 금방 알아챌 수 있었다.

요시다는 위험했고, 걱정스러운 상태였다.

워낙 강태산의 공격이 집요했고 무서웠기 때문에 요시다의 상태가 위험하다고 판단했는데 다행스럽게 일어서는 것을 보자 저절로 한숨이 흘러나왔다.

그가 한숨을 흘린 것은 요시다의 안위에 대한 걱정 때문이 아니라 강태산으로 인해서였다.

만약 요시다가 목숨을 잃기라도 한다면 강태산은 그 죄책감으로 선수 생활을 마감할지도 모를 일이었다.

절대 그런 일이 일어나서는 안 된다.

강태산은 대한민국이 배출한 불세출의 영웅이었으니 그런 사고로 인해 앞길이 막힌다면 땅을 치고 후회할 일이었다.

양인석의 입이 다시 열린 것은 서정설이 남모르게 한숨을 흘려낸 후였다.

"서 위원님. 강태산 선수가 이번 경기를 잡으면서 17번의 경기를 모두 KO로 승리하게 되었습니다. 정말 감격스러운 일입니다."

"강태산 선수의 행보가 어디까지 진행될지 저로서는 알 수가 없을 정돕니다. 이런 추세라면 강태산 선수는 당분간 무적을 구가할 것으로 예상합니다."

"아, 말씀드리는 순간 강태산 선수의 인터뷰가 시작되고 있습니다. 잠시 강태산 선수의 인터뷰를 들어보겠습니다."

강태산이 요시다를 실신시켜 버리고 레퍼리가 경기를 스톱시키자 눈을 부릅뜨고 지켜보던 김 관장과 김만덕을 비롯한 모든 트레이너진이 만세를 부르며 옥타곤으로 뛰어 들어왔다.

그들의 얼굴에 담겨 있는 감격의 웃음.

간절히 바라던 승리의 환호는 언제 들어도 뜨거웠다.

김만덕은 그 큰 덩치로 늘 그래온 것처럼 강태산을 목마 태운 채 옥타곤을 뛰어다녔고 김 관장은 글썽거리는 눈을 한 채 흐뭇하게 그들을 바라봤다.

관중들의 우레와 같은 함성.

강태산의 승리를 축하하는 관중들의 함성 속에서 그들은 하나가 되어 기쁨을 나눴다.

대머리 아나운서가 강태산을 향해 다가온 것은 심판이 강태산의 승리를 공식적으로 확인시켜 준 후였다.

"챔피언, 굉장한 경기였습니다. 챔피언은 언제나 화끈한 경기를 팬들에게 보여주는군요."

"격투기의 생명은 투지입니다. 전사들의 싸움은 언제나 치열해야 되는 법입니다."

"챔피언의 그런 면이 격투기 팬들을 열광시키는 것 같습니다. 몇 가지 질문을 하겠는데요. 초반에 요시다 선수의 공격에 고전을 했습니다. 이유가 뭡니까?"

"요시다 선수는 긴 리치를 이용한 거리 싸움을 걸어왔습니다. 상당히 까다로운 전략이었기 때문에 그것을 깰 전략을 준비하느라 공격을 서두르지 않았습니다."

"챔피언의 태클 방어 능력이 대단했습니다. 혹시 요시다 선수가 그라운드로 갈 것을 예상하고 준비한 겁니까?"

"아닙니다. 저는 늘 상대의 태클에 대해서 훈련을 해왔습니다. 특별히 요시다 선수 때문에 준비한 건 아닙니다."

"그렇군요. 오늘 상대한 요시다 선수에 대해서 잠깐 말씀해 주시죠."

"그는 오늘 시합을 준비하기 위해 엄청난 훈련을 했다고 들었습니다. 실제로도 요시다는 펀치력과 킥력, 그리고 뛰어난 스피드를 지녔기 때문에 쉬운 상대가 아니었습니다."

"미스터 강이 파운딩에서 한 공격은 꽤나 충격적이었습니다. 주먹이 아니라 손바닥을 썼는데 이유가 있었습니까?"

이런 질문이 나올 줄 알았다.

지금까지 UFC 역사상 뺨을 맞고 정신을 잃은 건 요시다가 유일했으니 분명 커다란 화제를 일으킬 것이다.

　그러나 강태산은 아무렇지 않은 듯 아나운서의 질문에 담담히 입을 열었다.

　"빠른 공격을 하기 위해서였을 뿐 다른 이유는 없습니다. 주먹과 손바닥은 상대방에게 충격을 주는 데 차이가 없다고 생각합니다."

　뻔뻔하다. 그리고 태연한 표정으로 대답했다.

　그 이유를 솔직히 말했다면 전 세계는 발칵 뒤집힐지도 몰랐다.

　그리고 비난을 받게 될 것이다.

　자신이 받아야 할 비난에 불과하다면 그대로 말했겠지만 자칫 대한민국 전체에 비난의 화살이 쏟아질지도 몰랐다.

　아나운서는 강태산의 변명을 믿지 못하는 눈치였다.

　그럼에도 그는 금방 표정을 바꾸고 질문을 이어나갔다.

　"마지막 질문을 하겠습니다. 강태산 선수는 풀 마운트 자세에서 요시다에게 뭐라고 얘기를 했는데 어떤 말을 한 겁니까?"

　"경기에 집중하고 있었기 때문에 아무런 생각이 나지 않습니다. 아마, 제 자신에 대한 투지를 일깨우기 위해 혼잣말을 하지 않았을까요?"

　　　　　　　*　　　　*　　　　*

강태산의 승리로 대한민국 전체는 축제 분위기에 빠져들었다.

단순한 승리만으로 그리된 것은 아니었다.

강태산 그 자체만으로도 온 나라가 희망과 용기를 얻었지만 이번 경기는 공식 인터뷰에서 제안한 독도 발언까지 보태졌기 때문에 승리의 기쁨은 더욱 컸다.

독도전쟁의 승리.

웬만해서는 호외를 뿌리지 않던 신문사가 호외를 뿌렸고 각 방송사는 실시간으로 강태산의 승리를 타전했다.

국내뿐만이 아니었다.

전 세계 언론이 강태산의 승리를 주목하면서 그의 다음 행보에 대해 초미의 관심을 가졌다.

인터넷 강국 코리아.

어쩔 수 없는 사정으로 시합을 지켜보지 못했던 국민들이 강태산의 경기를 보기 위해 유튜브와 각종 포털 사이트에 접속함으로써 동영상이 끊기는 현상까지 발생했다.

모든 언론의 기사타이틀은 전부 흥분을 담고 있었다.

'무적의 챔피언 강태산, 일본을 침몰시키다.'

'독도전쟁의 승리. 다시 한 번 싸우자. 이번에는 대마도를 걸어라!'

'요시다는 강했다. 그러나 강태산은 무적이었다.'

당연히 각종 포털 사이트의 인기 검색어 1위는 강태산이었다.

그러나 강태산의 이름은 그것으로 그치지 않았다.

강태산과 그에 관한 검색어가 10위권을 모두 차지할 정도로 대한민국 국민들은 온통 강태산의 경기 결과를 보면서 흥분을 감추지 못했다.

김도형과 하헌종도 그런 사람들 중의 하나였다.

둘은 서왕대학교 인터넷 학과 4학년에 재학 중이었는데 같은 하숙집에서 생활했기 때문에 거의 붙어 다니는 단짝이었다.

격투기라면 자다가도 벌떡 일어날 정도로 팬이었고 강태산이 UFC에 진출하면서부터는 모든 경기를 생방송으로 챙겨 볼 정도로 열성적이었다.

두 사람은 강태산의 경기가 승리로 끝났지만 그 흥분을 가라앉히지 못한 채 각종 뉴스와 경기리뷰를 검색하면서 오후 내내 시간을 보냈다.

그들이 강태산의 경기 동영상을 다운받아서 분석하기 시작한 것은 뉴스에서 이상한 이야기를 봤기 때문이었다.

풀 마운트에 올라간 강태산이 뭐라고 이야기를 했는데 그것이 무슨 내용이었는지 궁금하다는 기사였다.

물론 인터뷰에서 강태산은 투지를 불사르기 위해 자신에게 한 말이었다고 전했으나 두 사람은 그 내용이 무척 궁금했다.

강태산이 그 이야기를 했을 때 그의 눈이 정확하게 요시다를 바라보고 있었다는 걸 여러 번 동영상을 보면서 확인했기에 든 궁금증이었다.

수많은 관중들의 열광과 텔레비전 중계석에서 떠드는 소리로 강태산의 음성은 전혀 잡히지 않았다.

그러나 두 사람에게는 특별한 기술이 있었다.

농아들을 위해 2년간 봉사 활동을 다니면서 입 모양을 통해 사람의 말을 알아들을 수 있게 되었던 것이다.

김도형은 동영상을 컷별로 재생하면서 강태산의 입 모양을 하나씩 살펴 나갔다.

그 옆에는 하헌종이 찰싹 달라붙어 있었는데 눈이 반짝반짝 빛나고 있었다.

"'요' 자 같지?"

"맞아, 요 자가 분명해. 입이 오므려졌잖아. 오 자라면 입이 더 동그랗게 말려야 하는데 조금 벌어졌어. 요 자가 분명해. 다음 컷 넘겨봐."

"알았어."

하헌종이 마우스를 클릭해서 다음 장면으로 넘겼다.

다음 말은 더욱 쉬웠다.

"이건 '시' 자군. 이가 보이잖아. 더군다나 입술이 가로로 벌어졌어."

"아하, 이름을 부른 거구나. 강태산은 요시다의 이름을 부른 게 분명해. 빨리 다음 컷 넘겨봐. 맞나 보게."

김도형이 다음 컷를 넘기자 두 사람의 추리는 추리가 아닌 확신으로 바뀌었다.

입이 벌어지는 장면을 통해 강태산의 처음 단어가 요시다를 부른다는 걸 정확하게 알 수 있었다.

"강태산이 거짓말을 했어. 투지를 가다듬으려 혼잣말했다는 건 사실이 아닌 것 같다."

"야, 미치겠다. 다음 컷 빨리 넘겨. 뭐라고 했는지 보게."

"잠깐만 기다려 봐. 이놈의 고물 마우스. 아르바이트비 나오면 내가 무슨 수를 쓰든 이것부터 바꾼다."

김도형이 투덜거리면서 다음 장면으로 넘겼다.

작업은 빠르게 진행되었다.

입 모양을 통해서 말을 이어나가자 단어들의 조합이 훨씬

쉬워졌다.

"'다시 한 번 말해봐라'. 맞지?"

"맞아, 확실해."

"우와, 궁금해 뒤지겠네. 뭘 말해보라는 걸까?"

"빨리 넘겨. 미쳐 죽기 전에."

"흐흐… 이거 완전히 살 떨린다. 다음 말이 뭔지 엄청 궁금해."

"너 자꾸 미적거릴래? 이리 나와, 내가 할 테니까."

"어허, 잠시만 기다려. 인마, 이런 순간은 충분히 즐겨야 해."

"너 죽는다!"

하헌종이 주먹을 불끈 치켜 올리자 김도형이 팔을 들어 막으며 음흉한 웃음을 지었다.

그는 전혀 자리를 비켜줄 마음이 없는 것 같았다.

"자, 기대하시라. 넘긴다."

김도형이 마우스를 잡은 손을 천천히 움직였다.

강태산의 입 모양을 확인한 두 사람의 표정이 잠깐 굳어졌다.

어렵다.

다른 단어들과는 다르게 이번 입 모양은 무척 까다로웠다.

"저런 입 모양에서 나오는 말은 많은데… 조, 족, 도, 독… 소, 속?"

"조금 어렵네. 너무 많지?"

"이럴 땐 다음 말을 봐야지. 단어로 확인하는 게 훨씬 편하니까."

"가만있어 봐. 내가 먼저 써볼게. 그래야 조합을 시키지."

하헌종이 입 모양으로 확인된 단어들을 나열했다.

그런 후 다음 컷으로 넘어가며 단어들을 조합시켰다.

여러 가지 조합을 거쳐 그들이 만들어낸 단어는 의외로 쉬운 것이었다.

"독도가… 틀림없이 '독도가'야. 그렇지?"

"여기서 그 단어밖에 나올 건 없어. 독도가 맞아. 아우, 살 떨린다. 다음 컷 넘겨!"

그들의 추리는 금방 모든 단어를 나열시켰다.

가장 어려운 단어를 찾아내자 다른 것들은 의외로 쉬웠기 때문이었다.

그러나 그들은 강태산의 말을 모두 짜 맞춘 후 움직이지 못했다.

가득 차오르는 전율.

'요시다, 다시 한 번 말해봐라. 독도가 누구 땅이냐!'

강태산이 한 말이었다.

이제야 강태산이 왜 손바닥으로 따귀를 때리듯이 요시다를 징계했는지 알 수 있었다.

강태산은……

강태산은 요시다에게 독도가 우리나라 땅이란 걸 확인하고 싶었던 게 분명했다.

『투신 강태산』 8권에 계속…

초대형 24시 만화방

신간 100%, 샤워실, 흡연실, 수면실(침대석), 커플석, 세탁기 완비

■ 시흥 정왕25시점 ■

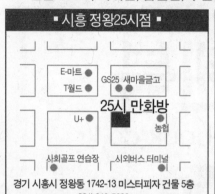

경기 시흥시 정왕동 1742-13 미스터피자 건물 5층
031) 319-5629

■ 강북 노원역점 ■

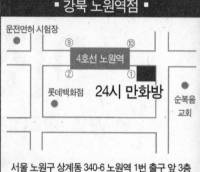

서울 노원구 상계동 340-6 노원역 1번 출구 앞 3층
02) 951-8324 (화용빌딩 3층)

■ 일산 정발산역점 ■

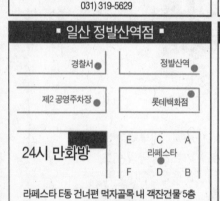

라페스타 E동 건너편 먹자골목 내 객잔건물 5층
031) 914-1957

■ 일산 화정역점 ■

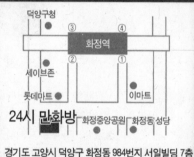

경기도 고양시 덕양구 화정동 984번지 서일빌딩 7층
031) 979-4874 (서일사우나 건물 7층)

■ 부천 역곡역점 ■

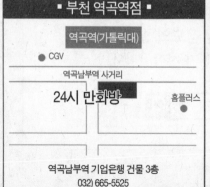

역곡남부역 기업은행 건물 3층
032) 665-5525

■ 부평역점 ■

(구) 진선미 예식장 뒤 한신포차 건물 10층
032) 522-2871

이모탈 퓨전 판타지 소설
FUSION FANTASTIC STORY

용병들의 대지
Road of Mercenaries

이 세계엔 3개의 성역이 존재한다.
기사들의 성역, 에퀘스.
마법사들의 성역, 바벨의 탑.
그리고… 그들의 끊임없는 견제 속에 탄생하지 못한

『용병들의 대지』

전쟁터의 가장 밑을 뒹굴던 하급 용병 아론은
이차원의 자신을 살해하고 최강을 노릴 힘을 가지게 된다.

그의 앞으로 찾아온 새로운 인생!
아론은 전설로만 전해지던
용병들의 대지를 실현시킬 수 있을 것인가!

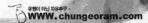

고검독보

천성민 新무협 판타지 소설

FANTASTIC ORIENTAL HEROES

강남 무림을 일대 혼란에 빠뜨린 마라천.
그들을 막아선 것은
고독검협(孤獨劍俠)이라 불린 일대고수였다.

마라천이 무너지고 난 후,
홀연 무림에서 모습을 감춘 고독검협.

그리고 수 년…….

그가 다시 무림으로 나섰다.
한 자루 부러진 녹슨 검을 든 채로……!

Book Publishing CHUNGEORAM

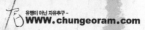

유행이 아닌 자유추구 –
WWW. chungeoram.com

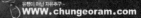

GAME BALL

게임볼 설경구 장편소설
FUSION FANTASTIC STORY

무명의 야구인이었던 남자,
우진이 펼치는 야구 감독으로서의 화려한 일대기!

『게임볼』

"이 멤버로 우승을 시키라고?"

가상 야구 게임,
게임볼을 통해 인생 역전을 꿈꾸는

한 남자의 뜨거운 행보에 주목하라!

Book Publishing CHUNGEORAM

유행이 아닌 자유추구 -
WWW. chungeoram.com

투신
강태산

박선우 장편소설
FUSION FANTASTIC STORY

무림을 휩쓸던 '야차(夜叉)'가 돌아왔다.

『투신 강태산』

여행사 다니는 따뜻한 하숙생 오빠이자
국가위기 특수대응팀 '청룡'의 수장.
그리고 종합격투기계를 휩쓸어 버린 절대강자.
전 세계를 무대로 펼쳐지는 투신 강태산의 현대 종횡기!!

"나는, 나와 대한민국의 적을, 철저하게 부숴 버릴 것이다."

서러웠던 대한민국은 잊어라!
국민을 사랑하는 대통령과 절대강자 투신이 만들어 나가는
새로운 대한민국이 펼쳐진다!!